从容自在，趣品人生

梁实秋散文精选集

名家经典 典藏

梁实秋◎著

中国出版集团公司
中国民主法制出版社
全国百佳图书出版单位

人生的路途，多少年来就这样地践踏出来了，人人都循着这路途走，你说它是蔷薇之路也好，你说它是荆棘之路也好，反正你得乖乖地把它走完。

禅家形容人之开悟的三阶段：初看山是山、水是水，继而山不是山、水不是水，终乃山还是山、水还是水。

一个人如果达到相当年龄还不失赤子之心，经风吹雨打，方寸间还能诗意盎然，他是得天独厚，他是诗人。

善幽默者，其人必定博学多识，而又悲天悯人，洞悉人情世故，自然的谈唾珠玑，令人解颐。

目录

第一章 态度

第二章 看透

第三章 情绪

第四章 说话

第五章 故人

第六章 看人

第七章 先生

第一章

态度

从容自在，趣品人生

CONGRONGZIZAI, QUPINRENSHENG

时间即生命

最令人怵目惊心的一件事，是看着钟表上的秒针一下一下地移动，每移动一下就是表示我们的寿命已经缩短了一部分。再看看墙上挂着的可以一张张撕下的日历，每天撕下一张就是表示我们的寿命又缩短了一天。因为时间即生命。没有人不爱惜他的生命，但很少人珍视他的时间。如果想在有生之年做一点什么事，学一点什么学问，充实自己，帮助别人，使生命成为有意义，不虚此生，那么就不可浪费光阴。这道理人人都懂，可是很少人真能积极不懈地善于利用他的时间。

我自己就是浪费了很多时间的一个人。我不打麻将，我不经常地听戏看电影，几年中难得一次，我不长时间看电视，通常只看半个小时，我也不串门子闲聊天。有人问我："那么你大部分时间都做了些什么呢？"我痛自反省，我发现，除了职务上的必须及人情上所不能免的活动之外，我的时间大部分都浪费了。我应该集中精力，读我所未读过的书，我应该利用所有时间，写我所要写的东西，但是我没能这样做。我的好多的时间都糊里糊涂地混过去了，“少壮不努力，老大徒伤悲。”例如我翻译莎士比亚，本来计划于课余之暇每年翻译两部，二十年即可完成，但是我用了三十年，主要的原因是懒。翻译之所以完成，主要的是因为活得相当长久，十分惊险。翻译完成之后，虽然仍有工作计划，但体力渐衰，有力不从心之感。假使年轻的时候鞭策自己，如今当有较好或较多的表现。然而悔之晚矣。

再例如，作为一个中国人，经书不可不读。我年过三十才知道读书自修的重要。我披阅，我圈点，但是恒心不足，时作时辍。五十以学易，可以无大过矣，我如今年过八十，还没有接触过《易经》，说来惭愧。史书也很重要。我出国留学的时候，我父亲买了一套同文石印的前四史，塞满了我的行箧的一半空间，我在外国混了几年之后又把前四史原封带回来了。直到四十年后才鼓起勇气读了《通鉴》一遍。现在我要读的书太多，深感时间有限。

无论做什么事，健康的身体是基本条件。我在学校读书的时候，有所谓“强迫运动”，我踢破过几双球鞋，打断过几只球拍。因此侥幸维持下来最低限度的体力。老来打过几年太极拳，目前则以散步活动筋骨而已。寄语年轻朋友，千万要持之以恒地从事运动，这不是嬉戏，不是浪费时间。健康的身体是做人做事的真正的本钱。

守　　时

《史记》五十五留侯世家，记载圯上老人授书张良的故事，甚为生动："后五日平明，与我会此。良因怪之，跪曰：'诺。'五日平明，良往，父已先至，怒曰：'与老人期，后何也？'去曰：'后五日早会。'五日鸡鸣，良往，父又先在，复怒曰：'后何也？'去曰：'后五日复早来。'五日良夜未半往。有顷，父亦来，喜曰：'当如是。'"

老人与良约会三次。第一次平明为期，平明就是天刚亮，语义相当含糊，天亮到什么程度才算是平明，本难确定。"东方未明"是一阶段，"东方未晞"，又是一阶段，等到东方天际泛鱼肚色则又是一阶段。良平明往，未落日出之后，就不算是迟到。老人发什么脾气？说什么"与老人期"之倚老卖老的话？第二次约，时间更不明确，只说早一点去。良鸡鸣往，"鸡既鸣矣"，就是天明以前的一刹那，事实上已经提早到达，还嫌太晚。第三次良夜未半往，夜未半即是午夜以前，这一次才满老人意。既然如此，为什么不早明说，虽然这是老人有意测验年轻人的耐性，但也不必这样蛮不讲理地折磨人。有人问我，假如遇见这样的一个老人作何感想，我说我愿效禅师的说法:“大喝一声，一棒打杀！”

黄石公的故事是神话。不过守时却是古往今来文明社会共有的一个重要的道德信念。远古的时候问题简单，日出而作，日入而息，根本没有精确的时间观念，而且人与人要约的事恐怕也不太多。《易·系辞》所谓“日中为市，致天下之民，聚天下之货，交易而退，各得其所”，不失为大家在时间上共立的一个标准，晚近的庙会市集，也还各有其约定俗成的时期规格。自从有了漏刻，分昼夜为百刻，一天之内才算有正确时间可资遵循。周有挈壶氏，自唐至清有挈壶正，是专管时间的官员。沙漏较晚，制在元朝。到了近年，也还有放午炮之说。现代的准确计时之器，如钟表之类，则是明季的舶来品，“明万历二十八年，大西洋人利玛窦来献自鸣钟”(《续通考·乐考》)，嗣后自鸣钟在国内就大行其道。我小时候在三贝子花园畅观楼内，尚及见清朝洋人所贡各式各样的自鸣钟，金光灿烂，洋洋大观。在民间几乎家家案上正中央都有一架自鸣钟，用一把钥匙上弦，昼夜按时刻叮叮当当地响。外国人家墙上常见的鹧鸪钟，一只小鸟从一个小门跳出来报时，在国内尚比较少见。好像我们老一辈的中国人特别喜爱钟表，除了背心上特缝好几个小衣袋专放怀表之外，比较富裕的人家墙上还常有一个硬木螺钿玻璃门的表柜，里面挂着二三十只形形色色的表，金的、银的、景泰蓝的、闷壳的，甚至背面壳里藏有活动秘戏图的，非如此不足以餍其收藏癖。至于如今的手表（实际是腕表）则高官大贾以至贩夫走卒无不备有一只了。

普遍的有了计时的工具，若是大家不知守时，又有何用？普通的衙门机关之类都定有办公时间，假如说是八点开始，到时候去看看，就会知道那是怎么一回事。大抵较低级的人员比较最守时，虽然其中难免有几位忙着在办事桌上吃豆浆油条。首长及高级人员大概就姗姗来迟了，他们还有一套理由，只有到了十点左右办稿拟稿逐层旅行的公文才能到达他们手里，早去了没有用。至于下班的时间，则大家多半知道守时，眼巴巴地望着时钟，谁也不甘落后。

和民众接触最频繁的莫过于银行邮局，可是在门前逡巡好久，进门烧头炷香的顾客不见得立刻就能受理，往往还要伫候一阵子，因为柜台后面的先生小姐可能很忙，忙着打开保险柜，忙着搬运文件，忙着清理卡片，忙着数钞票，忙着调整戳印，甚至于忙着泡茶，件件都需要时间。顾客们要少安毋躁。

朋友宴客，有一两位照例迟到，一碟瓜子大家都快磕完了，主人急得团团转，而那一两位客偏不来。按说“后至者诛”才是正理，但是后至者往往正是主客或是贵宾，所以必须虚上席以待。旧日戏园演戏，只有两盏汽油灯为照明之具，等到名角出台亮相，则几十盏电灯一齐照耀，声势非凡。有迟到之癖的客人大概是以名角自居，迟到之后不觉得歉然，反倒有得色。而迟到的人可能还要早退，表示另有一处要应酬，也许只是虚晃一招，实际是回家吃碗蛋炒饭。

要守时，但不一定要分秒不差，那就是苛求了。但也不能距约定时间太远。甲欲访乙，先打电话过去商洽，这是很有礼貌的行为，甲问什么时候驾临，乙说马上就去。问题就出在这“马上”二字，甲忘了钉问是什么马，是“竹披双耳峻，风入四蹄轻”的胡马，还是“皮干剥落，毛暗萧条”的瘦马，是练习纵跃用的木马，还是渡过了康王的泥马。和人要约，害得对方久等，揆诸时间即生命之说，岂是轻轻一声抱歉所能赎其罪愆？

守时不是容易事，要精神总动员。要不要先整其衣冠，要不要携带什么，要不要预计途中有多少红灯，都要通过大脑盘算一下。迟到固然不好，早到亦非万全之策，早到给自己找烦恼，有时候也给别人以不必要的窘。黄石公那段故事是例外，不足为训。记得莎士比亚有一句戏词：“赴情人约，永远是早到。”情人一心一意地在对方身上，不肯有分秒的延误，同时又怕对方忍受枯守之苦，所以“月上柳梢头，人约黄昏后”，老早地就去等着，“月移花影动，疑是玉人来”了。

我们能不能推爱及于一切邀约，大家都守时？

我的暑假是怎样过的

儿时英文作文教师喜欢出的作文题目之一，便是“我的暑假是怎样过的”。记得当时抓耳挠腮，搜索枯肠，窘困万状，但仍不能不凑出几百字塞责交卷。小孩子的暑假还有什么新鲜的过法？总不外吃喝玩乐。要撰文记述，自不免觉得枯涩乏味。现在我年近五十，仍操粉笔生涯，躬逢抗战胜利，又遇戡乱建国，今年暑假是怎样过去的，颇觉得有一点迷迷糊糊。眼看着就要开学，于是自动地给自己出下这样一个题目，择记几件小事，都平凡琐屑无比，并不惊人，总算给我的暑假做一结束。

暑假伊始，我本来是立有大志的，其规模虽然比不上什么三年计划五年计划之类，却也条举目张，要克期计功。现在加以清算，我的暑假作业怕是不能及格了。

推其原因，当然照例是“环境不良，心绪恶劣”八个字。其实环境也不算太不良，虽然每天清晨飞机一群擦着房檐过去，有时郊外隐闻炮声，还有时要在街头打死几个学生颁布戒严令，但是究竟从来没有炮弹碎片落在自己头上，这环境也可以算得是很安谧了。心绪确是近于恶劣，但也是自找，既无疾病缠绵，亦无断炊情事，如果稍微相信一点唯物论，大可以思想前进，绝无苦闷。可惜的是，自己隐隐然还有一颗心，外界的波澜不能不掀动内心的荡漾，极小的一件事也可以使人终日寡欢，所以工作成绩也就微小得不值一提了。

一放暑假，一群孩子背着铺盖卷回家，这是一厄！一家团聚，应该是一种享受天伦之乐的机会，但是凭空忽来壮丁就食，家庭收支立刻发现赤字，难以弥补。而赡养义务又是义不容辞的。这是颇费周章的一件事。可恨的是，孩子们既无杨朱的技能，又无颜回的操守，粗茶淡饭之后，一个个地唉声叹气，嚷着“嘴里要淡出鸟儿来”！在我这一方面，生活也大受干扰，好像是有一群流亡学生侵入住宅，吃起东西来像一队蝗虫，谈天说笑像是一塘青蛙，出出进进，熙熙攘攘，清早起来马桶永远有人占着座儿，衣服袜子书籍纸笔狼藉满屋好像是才遭洗劫，一张报纸揉得稀烂，彼此之间有时还要制造摩擦。饶这样，还不敢盼着暑假早日结束，暑假一终止，另一灾难到来，学杂膳宿，共二十七袋面！

还有一桩年年暑期里逃不脱的罪过。学校要招生。招生要监考，监考也不要紧，顶多是考生打翻墨水壶的时候你站远点，免得溅一腿，考生问“抄题不抄题”的时候使你恶心一下。考完要看卷子，看卷子也不要紧，捏着鼻子看，总有看完的一天，离奇的答案有时使人笑得肚子疼，离奇的试题有时使人不好意思笑出声来，都还有趣。最伤脑筋的是，招生之际总有几位亲友手提着两罐茶叶一筐水果登门拜访，扭扭捏捏地说孩子要考您那个大学您那个系，求您多多关照。好像那个学房铺是我开的似的！如果我开诚布公地对他说，我实在心有余而力不足，题目不是一个人出，卷子不是一个人看，其间还有密封暗码，最后还要开会公决，要想舞一点弊是几乎不可能的，这套话算是白说，他死也不信。“大家都是中国人，打什么官腔？”“你这是推托，干脆说不管好了，不够朋友！”“帮人一步忙，就怕树叶儿打了脑袋？”再说就更不好听了，“谁没有儿女？谁也保不住不求人。这点小事都不肯为力，‘房顶开门，六亲不认’！”如果我答应下来，榜发之时十九是名落孙山，没脸见人。这样的苦头我年年都要吃，一年一度，牢不可破，能推的推了，不能推的昧着良心答应下来，反正结果是得罪人。今年得高人指点，应付较为得宜。接受请托之际，还他一个模棱答案：“您老的事我还能不尽力！您真是太见外了。不过有一句话得说在前头。令郎的成绩若是差个一星半点的，十分八分的，兄弟有个小面子，这事算包在我身上了，准保能给取上，不过，若是差得太多，公事上可交代不下去，莫怪我力不从心。”对方听了觉得入情入理，一定满意。

之后，对方还照例要来一封八行书，几回电话，一再叮咛，这都不慌。等到快发榜的前夕，可要把握时机，少不得要到学校里钻营一番，如果确知考取了，赶快在榜发之前至少十分钟打一电话给他老人家：“恭喜！令郎的成绩好，倒不是小弟的力量……”他一定认为是你的力量。他相信人情，面子。如果没有考取，不怕，也在发榜之前十分钟打一电话，虽然是噩耗，而能在发榜之前就得到消息，这人情是托到家了。事后再赶快抄一张他这位世兄的成绩表，“英文零分，数学两分，国文十五分……实在没有办法，抱歉之至！”这办法不得罪人。

还有更难应付的问题，一到暑假，正是“毕业即失业”的季候，年轻小伙子总觉得教书的先生也许有点办法，于是前来登门拜谒，请求介绍职业。其实教书的先生正是因为在人事上毫无办法，所以才来教书，否则早就学优而仕了。所以每有学生一手持履历片，一手拿点什么小小的礼物之类，我一见便伤心不只从一处来，一面痛恨自己的不中用，一面惋惜来者之找错了人。

长夏无俚，难道没有一点赏心乐事？当然也有。晚饭后，瓜棚豆架（确切地说，今年我家瓜无棚豆无架，全是就地擦的），泡上一大壶酽茶，一家人分据几把破藤椅，乘凉闲话，直聊到星稀斗横风轻露重，然后贸贸然踱到屋里倒头便睡——这是一天里最快活的一段时间。白天就没有这样清闲，多少鸡毛蒜皮的琐碎事，多少语言无味面目可憎的人，把你的时间切得寸断，把你的心戳成马蜂窝！你休想安心，休想放心，休想专心，更休想开心！

有人主张暑假里到一个风景优美的地方去避暑，什么北戴河、青岛，都是好地方，至不济到郊外山上租几间屋子，也可暂避尘嚣。这种主张当然是非常正确，谁也不预备反驳。北戴河、青岛如今都不景气，而且离前线也太近，殊非养生之道，远不及莫干山、庐山。我今年避暑的所在，和几十年来的一样，是在红尘万丈火伞高张的城里，风景差一点，可是也并未中暑。

我的暑假就这样地过去了，好歹把孩子们打发上学了，明年的暑假能不能这样平安度过，谁知道？

钱的教育

《乌托邦》的作者告诉我们说，在理想的国里，小孩子拿金钱当作玩具，孩子们可以由性地大把地抓钱，顺手丢来丢去地玩。其用意在使孩子把金钱看成司空见惯的东西，久之便会觉得金钱这东西稀松平常，长大了之后自然也就不会过分地重视金钱，贪吝的毛病也就可以不至于犯了。这理想恐怕终归是个理想吧？小孩子没有不喜欢耍枪弄棒的，长大之后更容易培养出尚武的精神；小孩子没有不喜欢飞机模型的，长大之后很可能对航空发生很大的兴趣。所以幼习俎豆，长大便成圣贤，这种故事不能不说有几分道理。小时候在钱堆里打滚，大了便不爱钱，这道理我却不敢深信。

事实上一般小孩子们所受的关于钱的教育，都是培养他对于钱的爱好。我们小时候，玩的不是钱，而常常是装钱的扑满。门口过来了一个小贩，吆喝着：“小盆儿啊小罐儿啊！”往往不经我们的请求，大人就给买一个瓦制的小扑满。大人告诉我们把钱一个个地放进那个小孔里面，积着，积着，积满了之后扑的一声摔碎，便可以有笔大钱。那一笔钱做什么用？从来没有人告诉我们。以我个人而论，我拿到一个扑满之后，我却是被这个古怪的玩意儿所诱惑了，觉得怪有趣的，恨不得能立刻把它填满，我憧憬着将来有一天摔碎它时的那种快乐。我手里难得有钱，钱是在父亲屋里的大木柜里锁着的，我手里的钱只有三种来源：一是过年时的压岁钱，或是客人来时给的红纸包的钱；一是自己生辰家里长辈给的钱；一是从每日点心费里积攒下来的节余。有一点儿富余的钱，便急忙投进扑满，当的一声，怪好玩儿的。起初我对于这小小的储蓄银行很感兴趣，不时地取出来摇摇，从那个小孔往里面窥看。但是不久我就恍然，我是被骗了，因为我在想买冰糖葫芦或是糯米藕的时候，才明白那扑满里的钱是无法取出来用的，那窟窿太小，倒是倒不出来，用刀子拨也拨不出来，要摔又不敢，我开始明白这不是一个玩具，这是一个强迫储蓄的一种陷阱。金钱这东西为什么是那样的宝贵，必须如此周密地储藏起来呢？扑满并没有给我养成储蓄的美德，它反倒帮助我对于钱发生一种神秘的感觉。

有人主张绝对不给孩子们任何零钱，一切糖果玩具都已准备齐全，当然无从令孩子们去学习挥霍的本领。铜臭是越晚沾染人的双手越好。可是这种办法也有时效的限制，一离开家之后任何孩子都会立刻感觉到钱的重要。我小的时候，每天上学口袋里放两个铜板，到学校可以买两套烧饼油条做早点吃，我本来也没有别的其他欲望。但是过了两天，学校门口来了一个卖糯米藕的小贩，围了一圈的小顾客，我挤进去一看，那小贩正在一片一片地切着一橛赭中带紫的东西，像是藕，可是孔里又塞着东西，切好之后浇一小勺红糖汁和一小勺桂花，令人馋涎欲滴！我咽了一口唾沫之后退出来了。第二天仗着胆子去买一碟尝尝，却料不到起码要四个铜板才肯卖。我忍了两天没吃早点换到了一碟这个无名的美味。这是我有生以来第一次感觉到钱的用处，第一次感觉到没有钱的苦处。我相当地了解了钱的神秘。

钱的用处比较容易明白，钱从什么地方来，便比较难以了解。父母的柜子里、皮包里，不断的有钱的补充。但是从哪里来的呢？有人主张用实验的方法教导孩子：不工作便没有钱。于是他们鼓励孩子们服务，按服务的多寡优劣而付给报酬。芟除庭草，一角钱；汲水浇花，一角钱；看家费，一角钱；投邮费，一角钱……这种办法有好处，可以让孩子知道钱不是白给的，是劳动换来的。但是也有流弊，“没有钱便不工作”。我看见过很多人家的孩子，不给钱便不肯写每天一页的大字，不给钱便死抱着桌腿不肯上学，不给钱便撒泼打滚不给你一刻安静的工夫去睡午觉。这样，钱的报酬的功用已经变成为贿赂的功用了！“没有钱便不工作”，这原则并不错，不过在家庭里应用起来，便抹煞了人与人之间的情分，似乎是太早地戕贼了人的性灵了。

如果把钱的教育写成一本大书，我想也不过是上下两卷，上卷是钱怎样来，下卷是钱怎样去。

钱怎样来，只能由上一辈的人做一个榜样给下一辈的人看。示范的作用很大，孩子们无须很早的就实习。如果一个人的人生观和宇宙观都是从钱的方孔里望出去的，我相信他的孩子们一定会有一套拜金主义的心理。如果一个人用各种欺骗舞弊的方法把钱弄到家里而并不脸红，而且洋洋得意地自诩为能，甚而给孩子们也分润一点儿油水，我想这也就是很有效的一种教育，孩子长大必定也会有从政经商的全副的本领。所谓家学渊源，在这一方面也应用得上。讲到钱的去处，孩子们的意见永远不会和上一辈的相同，年轻人总觉得父母把钱系在肋骨上，每个大钱拿下来都是血淋淋的。钱永远没有足够的时候。正当的用钱的方法，是可以从小就加以训练的。有人主张，一个家庭的经济应该对孩子们公开，月底召开一次家庭会议，懂事的孩子们全都到席，家长报告账目和预算，让大家公开讨论。在这民主的形式之下，孩子们会养成一种自尊。大姐姐本来吵着买大衣，结果会自动放弃，移做弟弟妹妹买皮鞋用，大哥哥本来争着要置自行车，结果也会自动放弃，移做冬天买煤之用。这是良好习惯的养成。钱用在比较最需要的地方去。钱不但满足自己的物质的需要，钱还要顾及自己的内心的平安。这样的用钱的方法，值得一试。孩子们不一定永远是接受命令，他也可以理解。

谈时间

希腊哲学家 Diogenes 经常睡在一只瓦缸里，有一天亚历山大皇帝走去看他，以皇帝的惯用的口吻问他："你对我有什么请求吗？"这位玩世不恭的哲人翻了翻白眼，答道："我请求你走开一点，不要遮住我的阳光。"

这个家喻户晓的小故事，究竟含义何在，恐怕见仁见智，各有不同的看法。我们通常总是觉得那位哲人视尊荣犹敝屣，富贵如浮云，虽然皇帝驾到，殊无异于等闲之辈，不但对他无所希冀，而且亦不必特别的假以颜色。可是约翰逊博士另有一种看法，他认为应该注意的是那阳光，阳光不是皇帝所能赐予的，所以请求他不要把他所不能赐予的夺了去。这个请求不能算奢，却是用意深刻。因此约翰逊博士由"光阴"悟到"时间"，时间也者，虽然也是极为宝贵，却也是常常被人劫夺的。

“人生不满百”，大致是不错的。当然，老而不死的人，不是没有，不过期颐以上不是一般人所敢想望的。数十寒暑当中，睡眠去了很大一部分。苏东坡所谓“睡眠去其半”，稍嫌有点夸张，大约三分之一左右总是有的。童蒙一段时期，说它是天真未凿也好，说它是昏昧无知也好，反正是浑浑噩噩，不知不觉；及至寿登耄耋，老悖聋瞑，甚至“佳丽当前，未能缱绻”，比死人多一口气，也没有多少生趣可言。掐头去尾，人生所余无几。就是这短暂的一生，时间亦不见得能由我们自己支配。约翰逊博士所抱怨的那些不速之客，动辄登门拜访，不管你正在怎样忙碌，他觉得宾至如归，这种情形固然令人啼笑皆非，我觉得究竟不能算是怎样严重的“时间之贼”。他只是在我们的有限的资本上抽取一点捐税而已。我们的时间之大宗的消耗，怕还是要由我们自己负责。

有人说：“时间即生命。”也有人说：“时间即金钱。”二说均是，因为有人根本认为金钱即生命。不过细想一下，有命斯有财，命之不存，财于何有？要钱不要命者，固然实繁有徒，但是舍财不舍命，仍然是较聪明的办法。所以《淮南子》说：“圣人不贵尺之璧而重寸之阴，时难得而易失也。”我们幼时，谁没有作过“惜阴说”之类的课艺？可是谁又能趁早体会到时间之“难得而易失”？我小的时候，家里请了一位教师，书房桌上有一座钟，我和我的姊姊常乘教师不注意的时候把时针往前拨快半个钟头，以便提早放学，后来被老师觉察了，他用朱笔在窗户纸上的太阳阴影划一痕记，作为放学的时刻，这才息了逃学的念头。

时光不断的在流转，任谁也不能攀住它停留片刻。“逝者如斯夫，不舍昼夜！”我们每天撕一张日历，日历越来越薄，快要撕完的时候便不免矍然以惊，惊的是又临岁晚。假使我们把几十册日历装为合订本，那便象征我们的全部的生命，我们一页一页的往下扯，该是什么样的滋味呢？“冬天一到，春天还会远吗？”可是你一共能看见几次冬尽春来呢？

不可挽住的就让它去罢！问题在，我们所能掌握的尚未逝去的时间，如何去打发它。梁任公先生最恶闻“消遣”二字，只有活得不耐烦的人才忍心的去“杀时间”。他认为一个人要做的事太多，时间根本不够用，哪里还有时间可供消遣？不过打发时间的方法，亦人各不同、士各有志。乾隆皇帝下江南，看见运河上舟楫往来，熙熙攘攘，顾问左右:“他们都在忙些什么？”和珅侍卫在侧,脱口而出:“无非‘名利’二字。”这答案相当正确，我们不可以人废言。不过三代以下唯恐其不好名，大概“名利”二字当中还是利的成分大些。“人为财死，鸟为食亡”。时间即金钱之说仍属不诬。诗人渥资华斯有句：

尘世耗用我们的时间太多了，夙兴夜寐，赚钱挥霍，把我们的精力都浪费掉了。

所以有人宁可遁迹山林，享受那清风明月，“侣鱼虾而友麋鹿”，过那高蹈隐逸的生活。诗人济慈宁愿长时间的守着一株花，看那花苞徐徐展瓣，以为那是人间至乐；嵇康在大树底下扬锤打铁，“浊酒一杯，弹琴一曲”；刘伶“止则操卮执觚，动则挈榼提壶”，一生中无思无虑其乐陶陶。这又是一种颇不寻常的方式。最彻底的超然的例子是《传灯录》所记载的：“南泉和尚问陆亘曰：‘大夫十二时中作么生？’陆云：‘寸丝不挂！’”“寸丝不挂”即是了无挂碍之谓，“原来无一物，何处染尘埃？”这境界高超极了，可以说是“以天地为一朝，万期为须臾”，根本不发生什么时间问题。

人，诚如波斯诗人莪谟伽耶玛所说，来不知从何处来，去不知向何处去，来时并非本愿，去时亦未征得同意，糊里糊涂的在世间逗留一段时间。在此期间内，我们是以心为形役呢？还是立德立功立言以求不朽呢？还是参究生死直超三界呢？这大主意需要自己拿。

学问与趣味

前辈的学者常以学问的趣味启迪后生，因为他们自己实在是得到了学问的趣味，故不惜现身说法，诱导后学，使他们在愉快的心情之下走进学问的大门。例如，梁任公先生就说过:“我是个主张趣味主义的人，倘若用化学化分‘梁启超’这件东西，把里头所含一种元素名叫‘趣味’的抽出来，只怕所剩下的仅有个零了。”任公先生注重趣味，学问甚是淹博，而并不存有任何外在的动机，只是“无所为而为”，故能有他那样的成就。一个人在学问上果能感觉到趣味，有时真会像是着了魔一般，真能废寝忘食，真能不知老之将至，苦苦钻研，锲而不舍，在学问上焉能不有收获？不过我尝想，以任公先生而论，他后期的著述如《历史研究法》《先秦政治思想史》，以及有关墨子、佛学、陶渊明的作品，都可说是他的一点“趣味”在驱使着他；可是他在年轻的时候，从师受业，诵读典籍，那时节也全然是趣味么？作八股文，作试帖诗，莫非也是趣味么？我想未必。大概趣味云云，是指年长之后自动做学问之时而言，在年轻时候为学问打根底之际，恐怕不能过分重视趣味。学问没有根底，趣味也很难滋生。任公先生的学问之所以那样的博大精深、涉笔成趣、左右逢源，不能不说一大部分得力于他的学问根底之打得坚固。

我曾见许多年青的朋友，聪明用功，成绩优异，而语文程度不足以达意，甚至写一封信亦难得通顺，问其故，则曰其兴趣不在语文方面。又有一些位，执笔为文，斐然可诵，而视数理科目如仇雠，勉强才能及格，问其故，则亦曰其兴趣不在数理方面，而且他们觉得某些科目没有趣味，便撇在一边视如敝屣怡然自得，振振有词，略无愧色，好像这就是发扬趣味主义。殊不知天下没有没有趣味的学问，端视吾人如何发掘其趣味。如果在良师指导之下按部就班的循序而进，一步一步的发现新天地，当然乐在其中；如果浅尝辄止，甚至躐等躁进，当然味同嚼蜡，自讨没趣。一个有中上天资的人，对于普通的基本的文理科目，都同样的有学习的能力，绝不会本能的长于此而拙于彼。只有懒惰与任性，才能使一个人自甘暴弃的在“趣味”的掩护之下败退。

由小学到中学，所修习的无非是一些普通的基本知识。就是大学四年，所授课业也还是相当粗浅的学识。世人常称大学为“最高学府”，这名称易滋误解，好像过此以上即无学问可言。大学的研究所才是初步研究学问的所在，在这里做学问也只能算是粗涉藩篱，注重的是研究学问的方法与实习。学无止境，一生的时间都嫌太短，所以古人皓首穷经，头发白了还是在继续研究，不过在这样的研究中确是有浓厚的趣味。

在初学的阶段，由小学至大学，我们与其倡言趣味，不如偏重纪律。一个合理编列的课程表，犹如一个营养均衡的食谱，里面各个项目都是有益而必需的，不可偏废，不可再有选择。所谓选修科目也只是在某一项目范围内略有拣选余地而已。一个受过良好教育的人，犹如一个科班出身的戏剧演员，在坐科的时候他是要服从严格纪律的，唱工、做工、武把子都要认真学习，各种角色的戏都要完全谙通，学成之后才能各按其趣味而单独发展其所长。学问要有根底，根底要打得平正坚实，以后永远受用。初学阶段的科目之最重要的莫过于语文与数学。语文是阅读达意的工具，国文不通便很难表达自己，外国文不通便很难吸取外来的新知。数学是思想条理之最好的训练。其他科目也各有各的用处，其重要性很难强分轩轾。例如体育，从另一方面看也是重要得无以复加。总之，我们在求学时代，应该暂且把趣味放在一边，耐着性子接受教育的纪律，把自己锻炼成为坚实的材料。学问的趣味，留在将来慢慢享受一点也不迟。

第二章

看透

从容自在，趣品人生

CONGRONGZIZAI, QUPINRENSHENG

穷

人生下来就是穷的，除了带来一口奶之外，赤条条的，一无所有，谁手里也没有握着两个钱。在稍稍长大一点，阶级渐渐显露，有的是金枝玉叶，有的是“杂和面口袋”。但是就大体而论，还是泥巴里打滚袖口上抹鼻涕的居多。儿童玩具本是少得可怜，而大概其中总还免不了一具“扑满”，瓦做的，像是陶器时代的出品，大的小的挂绿釉的都有，间或也有形如保险箱，有铁制的，这种玩具的用意就是警告孩子们，有钱要积蓄起来，免得在饥荒的时候受穷，穷的阴影在这时候就已罩住了我们！好容易过年赚来几块压岁钱，都被骗弄丢在里面了，丢进去就后悔，想从缝里倒出是万难，用小刀拨也是枉然。积蓄是稍微有一点，穷还是穷。而且事实证明，凡是积在扑满里的钱，除了自己早早下手摔破的以外，大概后来就不知怎样就没有了，很少能在日后发生什么救苦救难的功效。等到再稍稍长大一点，用钱的欲望更大，看见什么都要流涎，手里偏偏是空空如也，那时候真想来一个十月革命。就是富家子也是一样，尽管是绮襦纨绔，他还是恨继承开始太晚。这时候他最感觉穷，虽然他还没认识穷。人在成年之后，开始面对着糊口问题，不但糊自己的口，还要糊附属人员的口，如果脸皮欠厚心地欠薄，再加上祖上是“忠厚传家诗书继世”的话，他这一生就休想能离开穷的掌握，人的一生，就是和穷挣扎的历史。和穷挣扎的一生，无论胜利或失败，都是惨。能不和穷挣扎，或于挣扎之余还有点闲工夫做些别的事，那人是有福了。

所谓穷，也是比较而言。有人天天喊穷，不是今天透支，就是明天举债，数目大得都惊人，然后指着身上衣服的一块补丁或是皮鞋上的一条小小裂缝作为他穷的铁证。这是寓阔于穷，文章中的反衬法。也有人量入为出，温饱无虞，可是又担心他的孩子将来自费留学的经费没有着落，于是于自我麻醉中陷入于穷的心理状态。若是西装裤的后方越磨越薄，由薄而破，由破而织，由织而补上一大块布，细针密缝，老远地看上去像是一个圆圆的箭靶，（说也奇怪，人穷是先从裤子破起！）那么，这个人可是真有些近于穷了。但是也不然，穷无止境。“大雪纷纷落，我住柴火垛，看你们穷人怎么过！”穷人眼里还有更穷的人。

穷也有好处。在优裕环境里生活着的人，外加的装饰与铺排太多，可以把他的本来面目掩没无遗，不但别人认不清他真的面目，往往对他发生误会（多半往好的方面误会），就是自己也容易忘记自己是谁。穷人则不然，他的褴褛的衣裳等于是开着许多窗户，可以令人窥见他的内容，他的荜门蓬户，尽管是穷气冒三尺，却容易令人发现里面有一个人。人越穷，越靠他本身的成色，其中毫无夹带藏掖。人穷还可落个清闲，既少“车马驻江干”，更不会有人来求谋事，讣闻请笺都不会常常上门，他的时间是他自己的。穷人的心是赤裸的，和别的穷人之间没有隔阂，所以穷人才最慷慨。金错囊中所余无钱，买房置地都不够，反正是吃不饱饿不死，落得来个爽快，求片刻的快意，此之谓“穷大手”。我们看见过富家弟兄析产的时候把一张八仙桌子劈开成两半，不曾看见两个穷人抢食半盂残羹剩饭。

穷时受人白眼是件常事，狗不也是专爱对着鹑衣百结的人汪汪吗？人穷则颈易缩，肩易耸，头易垂，须发许是特别长得快，擦着墙边逡巡而过，不是贼也像是贼，以这种姿态出现，到处受窘。所以人穷则往往自然地有一种抵抗力出现，是名曰：酸。穷一经酸化，便不复是怕见人的东西。别看我衣履不整，我本来不以衣履见长！人和衣服架子本来是应该有分别的。别看我囊中羞涩，我有所不取；别看我落魄无聊，我有所不为，这样一想，一股浩然之气火辣辣地从丹田升起，腰板自然挺直，胸膛自然凸出，徘徊啸傲，无往不宜。在别人的眼里，他是一块茅厕砖——臭而且硬，可是，人穷而不志短者以此，布衣之士而可以傲王侯者亦以此，所以穷酸亦不可厚非，他不得不如此，穷若没有酸支持着，它不能持久。

扬雄有逐贫之赋，韩愈有送穷之文，理直气壮地要与贫穷绝缘，反倒被穷鬼说服，改容谢过肃之上座，这也是酸极一种变化。贫而能逐，穷而能送，何乐而不为？逐也逐不掉，送也送不走，只好硬着头皮甘与穷鬼为伍。穷不是罪过，但也究竟不是美德，值不得夸耀，更不足以傲人。典型的穷人该是颜回，一箪食，一瓢饮，在陋巷，不改其乐。不改其乐当然是很好，箪食瓢饮究竟不大好，营养不足，所以颜回活到三十二岁短命死矣。孔子所说“饭疏食饮水，曲肱而枕之，乐亦在其中矣”，譬喻则可，当真如此就嫌其不大卫生。

说　俭

俭是我们中国的一项传统的美德。老子说他有三宝，其中之一就是“俭”，“俭故能广”。《易·否》：“君子以俭德辟难。”《书·太甲上》：“慎乃俭德，唯怀永图。”《墨子·辞过》：“俭节则昌，淫逸则亡。”都是说俭才能使人有远大的前途，长久的打算，安稳的生活，古训昭然，不需辞费。读书人尤其喜欢以俭约自持，纵然显达，亦不欲稍涉骄溢，极端的例如正考父为上卿，粥以糊口，公孙弘位在三公，犹为布被，历史上都传为美谈。大概读书知礼之人，富在内心，应不以处境不同而改易其操守。佛家说法，七情六欲都要斩尽杀绝，俭更不成其为问题。所以，无论从哪一种伦理学说来看，俭都是极重要的一宗美德，所谓“俭，德之共也”就是这个意思。不过，理想自理想，事实自事实，侈靡之风亦不自今日始。一千年前的司马温公在他著名的

《训俭示康》一文里，对于当时的风俗奢侈即已深致不满。“走卒类士服，农夫蹑丝履”，他认为是怪事。士大夫随俗而靡，他更认为可异。可见美德自美德，能实践的人大概不多。也许正因为风俗奢侈，所以这一项美德才有不时的标出的必要。

在西洋，情形好像是稍有不同。柏拉图的“共和国”，列举“四大美德”（Cardinal Virtues），而俭不在其内，后来罗马天主教会补列三大美德，俭亦不包括在内。当然基督教主张生活节约，这是众所熟知的。有人问 Thomas à Kempis（《效法基督》的作者）：“你是过来人，请问和平在什么地方？”他回答说：“在贫穷、在退隐、在与上帝同在。”不过这只是为修道之士说法，其境界不是一般人所能企及的。西洋哲学的主要领域是它的形而上学部分，伦理学不是主要部分，这是和我们中国传统迥异其趣的。所以在西洋，俭的观念一向是很淡薄的。

西洋近代工业发达，人民生活水准亦因之而普遍提高。物质享受方面，以美国为最。美国是个年轻的国家，得天独厚，地大物博，人口稀少，秉承了欧洲近代文明的背景，而又特富开拓创造的精神，所以人民生活特别富饶，根本没有“饥荒心理”存在。美国人只要勤，并不要俭。有一分勤劳，即有一分收获；有一分收获，即有一分享受。美国的《独立宣言》明白道出其立国的目标之一是“追求幸福”，物质方面的享受当然是人生幸福中的一部分。“一箪食，一瓢饮”，在我们看是君子安贫乐道的表现，在美国人看是落伍的理想，至少是中古的禁欲派的行径。美国人不但要尽量享受，而且要尽量设法提前享受，分期付款制度的畅行，几乎使得人人经常地负上债务。

奢与俭本无明确界限，在某一时某一地并无亏于俭德之事，在另一时另一地即可构成奢侈行为。我们中国地大而物不博，人多而生产少，生活方式仍宜力持俭约。像美国人那样的生活方式，固可羡慕，但是不可立即模仿。

了生死

信佛的人往往要出家。出家所为何来？据说是为了一大事因缘，那就是要“了生死”。在家修行，其终极目的也是为了要“了生死”。生死是一件事，有生即有死，有死方有生，“了”即是“了断”之意。生死流转，循环不已，是为轮回。人在轮回之中，纵不堕人恶趣，生、老、病、死四苦煎熬，亦无乐趣可言。所以信佛的人要了生死，超出轮回，证无生法忍。出家不过是一个手段，习静也不过是一个手段。

但是生死果然能够了断么？我常想，生不知所从来，死不知何处去，生非甘心，死非情愿，所谓人生只是生死之间短短的一橛。这种看法正是佛家所说“分段苦”。我们所能实际了解的也正是这样。波斯诗人峨谟伽耶姆的四行诗恰好说出了我们的感觉：

Into this universe, and why not knowing,
Nor whence,like water willy-nilly flowing ;
And out of it, as wind along the waste,
I know not whither,willy-nilly blowing.
不知为什么，亦不知来自何方，
就来到这世界，像水之不自主的流；
而且离了这世界，不知向哪里去，
像风在原野，不自主的吹。

“我来如流水，去如风”，这是诗人对人生的体会。所谓生死，不了断亦自然了断，我们是无能为力的。我们来到这世界，并未经我们同意，我们离开这世界，也将不经我们同意。我们是被动的。

人死了之后是不是万事皆空呢？死了之后是不是还有生活呢？死了之后是不是还有轮回呢？我只能说不知道。使哈姆雷特踌躇不决的也正是这一段疑情。按照佛家的学说，“断灭相”决非正知解。一切的宗教都强调死后的生活，佛教则特别强调轮回。我看世间一切有情，是有一个新陈代谢的法则，是有遗传嬗递的迹象，人恐怕也不是例外，长江后浪推前浪，一代新人代旧人，如是而已。又看佛书记载轮回的故事，大抵荒诞不经，可供谈助，兼资劝世，是否真有其事殆不可考。如果轮回之说尚难证实，则所谓了生死之说也只是可望不可即的一个理想了。

我承认佛家了生死之说是一崇高理想。为了希望达到这个理想，佛教徒制定许多戒律，所谓根本五戒、沙弥十戒、比丘二百五十戒，这还都是所谓“事戒”，菩萨十重四十八轻戒之“性戒”尚不在内。这些戒律都是要我们在此生此世来身体力行的。能彻底实行戒律的人方有希望达到“外息诸缘，内心无喘”的境界。只有切实的克制情欲，方能逐渐的做到“情枯智讫”的功夫。所有的宗教无不强调克己的修养，斩断情根，裂破俗网，然后才能湛然寂静，明心见性。就是佛教所斥为外道的种种苦行，也无非是戒的意思，不过做得过分了些。中古基督教也有许多不近人情的苦修方法。凡是宗教，都是要人收敛内心，截除欲念。就是伦理的哲学家，也无不倡导多多少少的克己的苦行。折磨肉体，以解放心灵，这道理是可以理解的。但是以爱根为生死之源，而且自无始以来因积业而生死流转，非斩断爱根无以了生死，这一番道理便比较的难以实证了。此生此世持戒，此生此世受福，死后如何，来世如何，便渺茫难言了。我对于在家修行的和出家修行的人们有无上的敬意。由于他们的参禅看教、福慧双修，我不怀疑他们有在此生此世证无生法忍的可能，但是离开此生此世之后是否即能往生净土，我很怀疑。这净土，像其他的被人描写过的天堂一样，未必存在。如果它是存在，只是存在于我们的心里。

西方斯多亚派哲学家所谓个人的灵魂于死后重复融合到宇宙的灵

魂里去，其种种信念也无非是要人于临死之际不生恐惧，那说法虽然简陋，却是不落言筌。蒙田说:“学习哲学即是学习如何去死。”如果了生死即是了解生死之谜，从而获致大智大勇，心地光明，无所恐惧，我相信那是可以办到的。所以在我的心目中，宗教家乃是最富理想而又最重实践的哲学家。至于了断生死之说，则我自惭劣钝，目前只能存疑。

幸灾乐祸

有人问“幸灾乐祸”一语，如何英译。英语中好像没有现成的字辞可用，只好累赘一些译其大意。德文里有一个字，schadenfreud，似尚妥切，schaden，是灾祸，freud 是乐，看到别人的灾祸而引以为乐。

“幸灾乐祸”一语出自《左传·僖公十四年》:“背施无亲，幸灾不仁。”及庄公二十:“歌舞不倦，是乐祸也。”原说的是国与国之间的关系，现在人与人之间也常使用这个成语，表示同情心之缺乏，甚至冷酷自私的态度。

其实，幸灾乐祸不一定是某个人品行上的缺点，实在是人性某方面的通性之一。人在内心上很少不幸灾乐祸的。有人明白地表示了出来，有人把它藏在心里，秘而不宣，有人很快地消除这种心理，进而表示出悲天悯人慷慨大方的态度。

最近报上有这样一段新闻：

> ……违建户大火，烈焰映红了半边天，也映出了两种截然不同的心态。
>
> 在火场邻近的屋顶上，挤满了人。左边的消防人员手拿送水带，卖力地想要将火尽速扑灭。一名队员还从屋顶上摔下来，幸而只受轻伤。
>
> 右边的一群人却“隔岸观火”，有几个还悠闲地蹲坐下来。别人的灾难竟被他们当成热闹好戏。

旁边附刊了照片，可惜模糊了一点，没有显示出……那几位“悠闲地蹲坐下来”的先生们的面目。祝融为虐，照例有人看热闹，除非那一火起自或烧到你自己的家宅，那时候那一场热闹就只好留给别人看。不过我有一点疑问：假使离府上相当远的地方发生火警，不论是违章建筑还是高楼大厦，浓烟直冒，火舌四伸，消防队的救火车纷纷到来施救，居民忙着抢搬家私，现场一片混乱，这时节，你怎么办？当然你不会去趁火打劫。你也不会若无其事地闭门家中坐。你是否要提着一铅铁桶水前去帮着施救呢？你不会这样做，人家也不准你这样做，这样做只有越帮越忙，而且无济于事。遇到此等事，只好交给消防队去处理，闲杂人等请站开。站开了看是可以，爬到屋顶上看也可以，如果你不怕摔下来。千万不可站累了蹲下来坐着看，因为蹲坐表示“悠闲”，人家有灾难，你怎么可以悠闲看热闹？悠闲地看热闹便至少有隔岸观火之嫌。如果你心里想“这火势怎么这样小”，或“这场火怎么这样就扑灭了”，那你就是十足的幸灾乐祸了。

我看过几场大火。第一次是在民元，北京兵变火烧东安市场。市场离我家不远，隔一条大街，火势映红了半边天，那时候我还小，童子何知，躬逢巨劫。我当时只觉得恐怖，只觉得那么多好吃好玩的物资付之一炬，太可惜了。第二次看到大火是在重庆遭遇五四大轰炸，我逃难到海棠溪沙洲上，坐卧在沙滩上仰观重庆闹区火光冲天，还听得一阵阵爆竹响（因为房屋多为竹制），真个的是隔岸观火，心里充满了悲愤。又一次观火是在北碚的一个夏天，晚饭后照例搬出两张沙发放在门前平台上，啜茗乘凉。忽然看见对面半山腰上有房屋起火，先是一缕炊烟似的慢慢升起，俄而变成黑黑的一股烽燧狼烟，终乃演成焰焰大火。我坐下来，一面品茗，一面隔着一个山谷观火。非观不可，难道闭起眼睛非礼勿视？而且非悠闲不可，难道要顿足太息，或是双手合什，口呼“善哉！善哉！”

有时候听说舟车飞机发生意外，多人殉亡，而自己阴差阳错偏偏临时因故改变行程，没有参加那一班要命的行旅，不免私下庆幸。这不是幸灾乐祸。对于那些在劫难逃的人，纵不恫伤，至少总有一些同情。

对于自己的侥幸，当然大为高兴，但是这一团高兴并非建立在别人的痛苦之上。法国十七世纪的作家拉饶施福谷（La Rochefoucauh）的《箴言集》里有这样的一句名言:“在我们的至交的灾难中，我们会发现一点点并不使我们不高兴的东西。”（“Dams I’adversite de nos meilleurs amis noust rouvons quelque chose, qui ne nous deplaist pas.”）这一点点并不使我们不高兴的东西，就是我们才说到的那种侥幸心理吧?

灾难如果发生在我们的敌人头上，我们很难不幸灾乐祸。民国三十四年两颗原子弹投落在广岛长崎，造成很大的伤害，当时饱尝日寇荼毒的我国民众几乎没有不欢欣鼓舞的，认为那是天公地道的膺惩。想想日军在南京的大屠杀，在珍珠港的偷袭，他们不该付出一点代价吗？此之谓自作孽,不可活。也许有人以为我们应该如曾子所说的“哀矜而勿喜”，可是那种修养是很难得的。

旁若无人

在电影院里，我们大概都常遇到一种不愉快的经验。在你聚精会神地静坐着看电影的时候，会忽然觉得身下坐着的椅子颤动起来，动得很匀，不至于把你从座位里掀出去，动得很促，不至于把你颠摇入睡，颤动之快慢急徐，恰好令你觉得他讨厌。大概是轻微地震罢？左右探察震源，忽然又不颤动了。在你刚收起心来继续看电影的时候，颤动又来了。如果下决心寻找震源，不久就可以发现，毛病大概是出在附近的一位先生的大腿上。他的足尖踏在前排椅撑上，绷足了劲，利用腿筋的弹性，很优游地在那里发抖。如果这拘挛性的动作是由于羊癫疯一类的病症的暴发，我们要原谅他，但是不像，他嘴里并不吐白沫。看样子也不像是神经衰弱，他的动作是能收能发的，时作时歇，指挥如意。若说他是有意使前后左右两排座客不得安生，却也不然。全是陌生人无仇无恨，我们站在被害人的立场上看，这种变态行为只有一种解释，那便是他的意志过于集中，忘记旁边还有别人，换言之，便是“旁若无人”的态度。

“旁若无人”的精神表现在日常行为上者不只一端。例如欠伸，原是常事，“气乏则欠，体倦则伸”。但是在稠人广众之中，张开血盆巨口，做吃人状，把口里的獠牙显露出来，再加上伸胳臂伸腿如演太极，那样子就不免吓人。有人打哈欠还带音乐的，其声呜呜然，如吹号角，如鸣警报，如猿啼，如鹤唳，音容并茂，《礼记》：“侍坐于君子，君子欠伸，撰杖屦，视日蚤莫，侍坐者请出矣。”是欠伸合于古礼，但亦以“君子”为限，平民岂可援引，对人伸胳臂张嘴，纵不吓人，至少令人觉得你是在逐客，或是表示你自己不能管制你自己的肢体。

邻居有叟，平常不大回家，每次归来必令我闻知。清晨有三声喷嚏，不只是清脆，而且洪亮，中气充沛，根据那声音之响我揣测必有异物入鼻，或是有人插入纸捻，那声音撞击在脸盆之上有金石声！随后是大排场的漱口，真是排山倒海，犹如骨鲠在喉，又似苍蝇下咽。

再随后是三餐的饱嗝，一串串的嗝声，像是下水道不甚畅通的样子。可惜隔着墙没能看见他剔牙，否则那一份刮垢磨光的钻探工程，场面也不会太小。

这一切“旁若无人”的表演究竟是偶然突发事件，经常令人困恼的乃是高声谈话。在喊救命的时候，声音当然不嫌其大，除非是脖子被人踩在脚底下，但是普通的谈话似乎可以令人听见为度，而无需一定要力竭声嘶的去振聋发聩。生理学告诉我们，发音的器官是很复杂的，说话一分钟要有九百个动作，有一百块筋肉在弛张，但是大多数人似乎还嫌不足，恨不得嘴上再长一个扩大器。有个外国人疑心我们国人的耳鼓生得异样，那层膜许是特别厚，非扯着脖子喊不能听见，所以说话总是像打架。这批评有多少真理，我不知道。不过我们国人会嚷的本领，是谁也不能否认的。电影场里电灯初灭的时候，总有几声“哎哟，小三儿，你在哪儿啦？”在戏院里，演员像是演哑剧，大锣大鼓之声依稀可闻，主要的声音是观众鼎沸，令人感觉好像是置身蛙塘。在旅馆里，好像前后左右都是庙会，不到夜深休想安眠，安眠之后难免没有响皮底的大皮靴，毫无惭愧地在你门前踱来踱去。天未大亮，又有各种市声前来侵扰。一个人大声说话，是本能；小声说话，是文明。以动物而论，狮吼，狼嗥，虎啸，驴鸣，犬吠，即是小如促织蚯蚓，声音都不算小，都不会像人似的有时候也会低声说话。大概文明程度愈高，说话愈不以声大见长。群居的习惯愈久，愈不容易存留“旁若无人”的幻觉。我们以农立国，乡间地旷人稀，畎亩阡陌之间，低声说一句“早安”是不济事的，必得扯长了脖子喊一声：“你吃过饭啦？”可怪的是，在人烟稠密的所在，人的喉咙还是不能缩小。更可异的是，纸驴嗓，破锣嗓，喇叭嗓，公鸡嗓，并不被一般地认为是缺陷，而且麻衣相法还公然地说，声音洪亮者主贵！

叔本华有一段寓言：

> 一群豪猪在一个寒冷的冬天挤在一起取暖；但是它们的刺毛开始互相击刺，于是不得不分散开。可是寒冷又把它们驱在一起，于是同样的事故又发生了。最后，经过几番的聚散。它们发现最好是彼此保持相当的距离。同样的，群居的需要使得人形的豪猪聚在一起，只是他们本性中的带刺的令人不快的刺毛使得彼此厌恶。他们最后发现的使彼此可以相安的那个距离，便是那一套礼貌；凡违犯礼貌者便要受严词警告——用英语来说——请保持相当距离。用这方法，彼此取暖的需要只是相当的满足了；可是彼此可以不至互刺。自己有些暖气的人情愿走得远远的，既不刺人，又可不受人刺。

逃避不是办法。我们只是希望人形的豪猪时常地提醒自己：这世界上除了自己还有别人，人形的豪猪既不止我一个，最好是把自己的大大小小的刺毛收敛一下，不必像孔雀开屏似的把自己的刺毛都尽量地伸张。

不亦快哉

金圣叹作“三十三不亦快哉”快人快语，读来亦觉快意。不过快意之事未必人人尽同，因为观点不同时势有异。就观察所及，试编列若干则如下：

其一，晨光熹微之际，人牵犬（或犬牵人），徐步红砖道上，呼吸新鲜空气，纵犬奔驰，任其在电线杆上或新栽树上便溺留念，或是在红砖上排出一摊狗屎以为点缀。庄子曰：道在屎溺。大道无所不在，不简秽贱，当然人犬亦应无所差别。人因散步而精神爽，犬因排泄而一身轻，而且可以保持自己家门以内之环境清洁，不亦快哉！

其一，烈日下行道上，口燥舌干，忽见路边有卖甘蔗者，急忙买得两根，一手挥舞，一手持就口边，才咬一口即入佳境，随走随嚼，旁若无人，蔗滓随嚼随吐。人生贵适意，兼可为“你丢我捡”者制造工作机会，潇洒自如，不亦快哉！

其一，早起，穿着有条纹的睡衣裤，趿着凉鞋，抱红泥小火炉置街门外，手持破蒲扇，对着火炉徐徐扇之，俄而浓烟上腾，火星四射，直到天地絪缊，一片模糊。烟火中人，谁能不事炊爨？这是表示国泰民安，有米下锅，不亦快哉！

其一，天近黎明，牌局甫散，匆匆登车回府。车进巷口距家门尚有三五十码之处，任司机狂按喇叭，其声呜呜然，一声比一声近，一声比一声急，门房里有人竖着耳朵等候这听惯了的喇叭声已久，于是在车刚刚开到之际，两扇黑漆大铁门呀然而开，然后又訇的一声关闭。不费吹灰之力就使得街坊四邻矍然惊醒，翻个身再也不能入睡，只好瞪着大眼等待天明。轻而易举的执行了鸡司晨的职务，不亦快哉！

其一，放学回家，精神愉快，一路上和伙伴们打打闹闹，说说笑笑，尚不足以畅叙幽情，忽见左右住宅门前都装有电铃，铃虽设而常不响，岂不形同虚设，于是举臂舒腕，伸出食指，在每个纽上按戳一下。随后，就有人仓皇应门，有人倒屣而出，有人厉声叱问，有人伸颈探问而瞠目结舌。躲在暗处把这些现象尽收眼底，略施小技，无伤大雅，不亦快哉！

其一，隔着墙头看见人家院内有葡萄架，结实累累，虽然不及“草龙珠”那样圆，“马乳”那样长，“水晶”那样白，看着纵不流涎三尺，亦觉手痒。爬上墙头，用竹竿横扫之，狼藉满地，损人而不利己，索性呼朋引类乘昏夜越墙而入，放心大胆，各尽所能，各取所需，饱餐一顿。松鼠偷葡萄，何须问主人，不亦快哉！

其一，通衢大道，十字路口，不许人行。行人必须上天桥，下地道，岂有此理！豪杰之士不理会这一套，直入虎口，左躲右闪，居然波罗蜜多达彼岸，回头一看天桥上黑压压的人群犹在蠕动，路边的警察戟指大骂，暴躁如雷，而无可奈我何。这时节颔首示意，报以微笑，扬长而去，不亦快哉！

其一，宋周紫芝《竹坡诗话》："……有一人，极廉介，一日有家问，即令灭官烛，取私烛阅书，阅毕，命秉官烛如初。"做官的人迂腐若是，岂不可嗤！衙门机关皆有公用之信纸信封，任人领用，便中抓起一叠塞入公事包里，带回家去，可供写私信、发请柬、寄谢帖之用，顺手牵羊，取不伤廉，不亦快哉！

其一，逛书肆，看书展，琳琅满目，真是到了琅嬛福地。趁人潮拥挤看守者穷于肆应之际，纳书入怀，携归细赏，虽蒙贼名，不失为雅，不亦快哉！

其一，电话铃响，错误常居什之二三，且常于高枕而眠之时发生，而其人声势汹汹，了无歉意，可恼可恼。在临睡之前或任何不欲遭受干扰的时间，把电话机翻转过来，打开底部，略做手脚，使铃变得暗哑。如是则电话可以随时打出去，而外面无法随时打进来，主动操之于我，不亦快哉！

其一，生儿育女，成凤成龙，由大学卒业，而漂洋过海，而学业有成，而落户定居，而缔结良缘。从此螽斯衍庆，大事已毕，允宜在报端大刊广告，红色套印，敬告诸亲友，兼令天下人闻知，光耀门楣，不亦快哉！

第三章

情绪

从 容 自 在 ， 趣 品 人 生

CONGRONGZIZAI, QUPINRENSHENG

快　乐

天下最快乐的事大概莫过于做皇帝。“首出庶物，万国咸宁。”至不济可以生杀予夺，为所欲为。至于后宫粉黛三千，御膳八珍罗列，更是不在话下。清乾隆皇帝，“称八旬之觞，镌十全之宝”，三下江南，附庸风雅。那副志得意满的神情，真是不能不令人兴起“大丈夫当如是也”的感喟。

在穷措大眼里，九五之尊，乐不可支。但是试起古今中外的皇帝于地下，问他们一生中是否全是快乐，答案恐怕相当复杂。西班牙国王拉曼三世（Abler Raman Ⅲ，960）说过这么一段话：

> 我于胜利与和平之中统治全国约五十年，为臣民所爱戴，为敌人所畏惧，为盟友所尊敬。财富与荣誉，权力与享受，

呼之即来，人世间的福祉，从不缺乏。在这情形之中，我曾勤加计算，我一生中纯粹的真正幸福日子，总共仅有十四天。

御宇五十年，仅得十四天真正幸福日子。我相信他的话，宸谟睿略，日理万机，很可能不如闲云野鹤之怡然自得。于此我又想起从一本英语教科书上读到一篇寓言。题目是《一个快乐人的衬衫》。某国王，端居大内，抑郁寡欢，虽极耳目声色之娱，而王终不乐。左右纷纷献计，有一位大臣言道：如果在国内找到一位快乐的人，把他的衬衫脱下来，给国王穿上，国王就会快乐。王韪其言，于是使者四处寻找快乐的人，访遍了朝廷显要，朱门豪家，人人都有心事，家家都有一本难念的经，都不快乐。最后找到一位农夫，他耕罢在树下乘凉，裸着上身，大汗淋漓。使者问他："你快乐吗？"农夫说："我自食其力，无忧无虑！快乐极了！"使者大喜，便索取他的衬衣。农夫说："哎呀！我没有衬衣。"这位农夫颇似我们的禅门之"一丝不挂"。

常言道，"境由心生"，又说"心本无生因境有"。总之，快乐是一种心理状态。内心湛然，则无往而不乐。吃饭睡觉，稀松平常之事，但是其中大有道理。大珠《顿悟入道要门论》："有源律师来问：'和尚修道，还用功否？'师曰：'用功。'曰：'如何用功？'师曰：'饥来吃饭，困来即眠。曰：'一切人总如是，同师用功否？'师曰：'不同。'曰：'何故不同？'师曰：'他吃饭时不肯吃饭，百种须索，睡时不肯睡，千般计较。所以不同也。’律师杜口。”可是修行到心无挂碍，却不是容易的事。我认识一位唯心论的学者，平夙昌言意志自由，忽然被人绑架，系于暗室十有余日，备受凌辱，释出后他对我说：“意志自由固然不诬，但是如今我才知道身体自由更为重要。”常听人说烦恼即菩提，我们凡人遇到烦恼只是深感烦恼，不见菩提。快乐是在心里，不假外求，求即往往不得，转为烦恼。叔本华的哲学是：苦痛乃积极的实在的东西，幸福快乐乃消极的根本不存在的东西。所谓快乐幸福乃是解除苦痛之谓。没有苦痛便是幸福。再进一步看，没有苦痛在先，便没有幸福在后。梁任公先生曾说：“人生最快乐的事，莫过于看着一件工作的完成。”在工作过程之中，有苦恼也有快乐，等到大功告成，那一份“如愿以偿”的快乐便是至高无上的幸福了。

有时候，只要把心胸敞开，快乐也会逼人而来。这个世界，这个人生，有其丑恶的一面，也有其光明的一面。良辰美景，赏心乐事，随处皆是。智者乐水，仁者乐山。雨有雨的趣，晴有晴的妙，小鸟跳跃啄食，猫狗饱食酣睡，哪一样不令人看了觉得快乐？就是在路上，在商店里，在机关里，偶尔遇到一张笑容可掬的脸，能不令人快乐半天？有一回我住进医院里，僵卧了十几天，病愈出院，刚迈出大门，陡见日丽中天，阳光普照，照得我睁不开眼，又见市廛熙攘，光怪陆离，我不由得从心里欢叫起来：“好一个艳丽盛装的世界！”

“幸遇三杯酒美，况逢一朵花新？”我们应该快乐。

怒

一个人在发怒的时候，最难看。纵然他平素面似莲花，一旦怒而变青变白，甚至面色如土，再加上满脸的筋肉扭曲，眦裂发指，那副面目实在不仅是可憎而已。俗语说，“怒从心上起，恶向胆边生”，怒是心理的也是生理的一种变化。人逢不如意事，很少不勃然变色的。年少气盛，一言不合，怒气相加，但是许多年事已长的人，往往一样的火发暴躁。我有一位姻长，已到杖朝之年，并且半身瘫痪，每晨必阅报纸，戴上老花镜，打开报纸，不久就要把桌子拍得山响，吹胡瞪眼，破口大骂。报上的记载，他看不顺眼。不看不行，看了呕气。这时候大家躲他远远的，谁也不愿逢彼之怒。过一阵雨过天晴，他的怒气消了。

诗云：“君子如怒，乱庶遄沮；君子如祉，乱庶遄已。”这是说有地位的人，赫然震怒，就可以收拨乱反正之效。一般人还是以少发脾气少惹麻烦为上。盛怒之下，体内血球不知道要伤损多少，血压不知道要升高几许，总之是不卫生。而且血气沸腾之际，理智不大清醒，言行容易逾分，于人于己都不相宜。希腊哲学家哀皮克蒂特斯说："计算一下你有多少天不曾生气。在从前，我每天生气；有时每隔一天生气一次；后来每隔三四天生气一次；如果你一连三十天没有生气，就应该向上帝献祭表示感谢。"减少生气的次数便是修养的结果。修养的方法，说起来好难。另一位同属于斯多亚派的哲学家罗马的玛可斯奥瑞利阿斯这样说："你因为一个人的无耻而愤怒的时候，要这样地问你自己：'那个无耻的人能不在这世界存在么？'那是不能的。不可能的事不必要求。"坏人不是不需要制裁，只是我们不必愤怒。如果非愤怒不可，也要控制那愤怒，使发而中节。佛家把"嗔"列为三毒之一，"瞋心甚于猛火"，克服嗔恚是修持的基本功夫之一。燕丹子说："血勇之人，怒而面赤；脉勇之人，怒而面青；骨勇之人，怒而面白；神勇之人，怒而色不变。"我想那神勇是从苦行修炼中得来的。生而喜怒不形于色，那天赋实在太厚了。

清朝初叶有一位李绂，著《穆堂类稿》，内有一篇《无怒轩记》，他说："吾年逾四十，无涵养性情之学，无变化气质之功，因怒得过，旋悔旋犯，惧终于忿戾而已，因以'无怒'名轩。"是一篇好文章，而其戒谨恐惧之情溢于言表，不失读书人的本色。

沉　默

我有一位沉默寡言的朋友。有一回他来看我，嘴边绽出微笑，我知道那就是相见礼，我肃客入座，他欣然就席。我有意要考验他的定力，看他能沉默多久，于是我也打破我的习惯，我也守口如瓶。二人默对，不交一语，壁上的时钟滴答滴答的声音特别响。我忍耐不住，打开一听香烟递过去，他便一支接一支地抽了起来，吧嗒吧嗒之声可闻。我献上一杯茶，他便一口一口地翕呷，左右顾盼，意态萧然。等到茶尽三碗，烟罄半听，主人并未欠伸，客人兴起告辞，自始至终没有一句话。这位朋友，现在已归道山，这一回无言造访，我至今不忘。想不到“闻所闻而来，见所见而去”的那种六朝人的风度，于今之世，尚得见之。

明张鼎思《琅琊代醉篇》有一段记载：“刘器之待制对客多默坐，往往不交一谈，至于终日。客意甚倦，或谓去，辄不听，至留之再三。

有问之者，曰：‘人能终日危坐，而不欠伸欹侧，盖百无一二，甚能之者必贵人也。’以其言试之，人皆验。”可见对客默坐之事，过去亦不乏其例。不过所谓“主贵”之说，倒颇耐人寻味。所谓贵，一定要有副高不可攀的神情，纵然不拒人千里之外，至少也要令人生莫测高深之感，所以处大居贵之士多半有一种特殊的本领，两眼望天，面部无表情，纵然你问他一句话，他也能听若无闻，不置可否。这样的人，如何能不贵？因为深沉的外貌，正好掩饰内部的空虚，这样的人最宜于摆在庙堂之上。《孔子家语》明明地写着，孔子“入太祖后稷之庙，庙堂右阶之前有金人焉，三缄其口，而铭其背曰：‘古之慎言人也。’”这庙堂右阶的金人，不是为市井细民作榜样的。

謇谔之臣，骨鲠在喉，一吐为快，其实他是根本负有诤谏之责，并不是图一时之快。鸡鸣犬吠，各有所司，若有言官而箝口结舌，宁不有愧于鸡犬？至于一般的仁人君子，没有不愤世忧时的，其中大部分悯默无言，但间或也有“宁鸣而死，不默而生”的人，这样的人可使当世的人为之感喟，为之击节，他不能全名养寿，他只能在将来历史上享受他应得的清誉罢了。在有“不发言的自由”的时候而甘愿放弃这一项自由，这也是个人的自由。在如今这个时代，沉默是最后的一项自由。

有道之士，对于尘劳烦恼早已不放在心上，自然更能欣赏沉默的境界。这种沉默，不是话到嘴边再咽下去，是根本没话可说，所谓“知者不言，言者不知”。世尊在灵山会上，拈华示众，众皆寂然，惟迦叶破颜微笑，这会心微笑胜似千言万语。莲池大师说得好：“世间酽醯醇醴，藏之弥久而弥美者，皆繇封锢牢密不泄气故。古人云，‘二十年不开口说话，向后佛也奈何你不得。’旨哉言乎！”二十年不开口说话，也许要把口闷臭，但是语言道断之后，性水澄清，心珠自现，没有饶舌的必要。基督教Carthusian教派也是以沉默静居为修行法门，经常彼此不许说话。“此中有真意，欲辩已忘言”。

庄子说：“吾安得夫忘言之人，而与之言哉？”现在想找真正懂得沉默的朋友，也不容易了。

悲　观

悲观不是消极。所以自杀的人不是悲观，悲观主义者反对自杀。

悲观是从坏的一方面来观察一切事物，从坏的一方面着眼的意思。悲观主义者无时不料想事物的恶化，惟其如此，所以他最积极地生活，换言之，最不为虚幻的希望所误引入歧途，最努力地设法来对付这丑恶的现实。

叔本华说，幸福即是痛苦的避免。所谓痛苦是实在的，而幸福则是根本不存在的。痛苦不存在时之状态，无以名之，名之曰幸福。是故人生之目标，不在幸福之追求，而在痛苦之避免。人生即是一串痛苦所构成。能避免一分的痛苦，即是一分的幸福。故悲观主义者待人接物，步步为营，不求有功，但求无过。这是悲观主义的真谛。

从坏处着想，大概可以十猜十中百猜百中；从好处着想，往往一次一失望十次十失望。所以乐观者天真可爱，而禁不住现实的接触，一接触就水泡一般地破灭。悲观者似乎未免自苦，而在现实中却能安身立命。所以自杀者是乐观的人，幸福者倒是悲观的人。

寂　　寞

寂寞是一种清福。我在小小的书斋里，焚起一炉香，袅袅的一缕烟线笔直地上升，一直戳到顶棚，好像屋里的空气是绝对的静止，我的呼吸都没有搅动出一点儿波澜似的。我独自暗暗地望着那条烟线发怔。屋外庭院中的紫丁香树还带着不少嫣红焦黄的叶子，枯叶乱枝时时的声响可以很清晰地听到，先是一小声清脆的折断声，然后是撞击着枝干的磕碰声，最后是落到空阶上的拍打声。这时节，我感到了寂寞。在这寂寞中我意识到了我自己的存在——片刻的孤立的存在。这种境界并不太易得，与环境有关，但更与心境有关。寂寥不一定要到深山大泽里去寻求，只要内心清净，随便在市廛里、陋巷里，都可以感觉到一种空灵悠逸的境界，所谓"心远地自偏"是也。在这种境界中，我们可以在想象中翱翔，跳出尘世的渣滓，与古人游。所以我说，寂寞是一种清福。

在礼拜堂里我也有过同样的经验。在伟大庄严的教堂里，从彩画玻璃透进一股不很明亮的光线，沉重的琴声好像是把人的心都洗淘了一番似的，我感觉到了我自己的渺小。这渺小的感觉便是我意识到自己存在的明证。因为平常连这一点点渺小之感都不会有的！

我的朋友萧丽先生卜居在广济寺里，据他告诉我，在最近一个夜晚，月光皎洁，天空如洗，他独自踱出僧房，立在大雄宝殿前的石阶上，翘首四望，月色是那样的晶明，蓊郁的树是那样的静止，寺院是那样的肃穆，他忽然顿有所悟，悟到永恒，悟到自我的渺小，悟到四大皆空的境界。我相信一个人常有这样经验，他的胸襟自然豁达辽阔。

但是寂寞的清福是不容易长久享受的。它只是一瞬间的存在。世间有太多的东西不时地在提醒我们，提醒我们一件杀风景的事实：我们的两只脚是踏在地上的呀！一头苍蝇撞在玻璃窗上挣扎不出，一声“老爷太太可怜可怜我这瞎子罢”，都可以使我们从寂寞中间一头栽出去，栽到苦恼烦躁的旋涡里去，至于“催租吏”一类的东西之打上门来，或是“石壕吏”之类的东西半夜捉人，其足以使人败兴生气，就更不待言了。这还是外界的感触，如果自己的内心先六根不净，随时都意马心猿，则虽处在最寂寞的境地里，他也是慌成一片忙成一团，六神无主，暴躁如雷，他永远不得享受寂寞的清福。

如此说来，所谓寂寞不即是一种唯心论，一种逃避现实的现象么？

也可以说是。一个高蹈隐遁的人，在从前的社会里还可以存在，而且还颇受人敬重，在现在的社会里是绝对的不可能。现在似乎只有两种类型的人了，一是在现实的泥溷中打转的人，一是偶然也从泥溷中昂起头来喘几口气的人。寂寞便是供人喘息的几口清新空气。喘过几口气之后还得耐心地低头钻进泥溷里去。所以我对于能够昂首物外的举动并不愿再多苛责。逃避现实，如果现实真能逃避，吾寤寐以求之！

有过静坐经验的人该知道，最初努力把握着自己的心，叫它什么也不想，那是多么困难的事！那是强迫自己入于寂寞的手段，所谓参禅入定全属于此类。我所赞美的寂寞，稍异于是。我所谓的寂寞，是随缘偶得，无须强求，一霎间的妙悟也不嫌短，失掉了也不必怅惘。但凡我有一刻寂寞时，我要好好地享受它。

脸　谱

我要说的脸谱不是旧剧里的所谓“整脸”“碎脸”“三块瓦”之类，也不是麻衣相法里所谓观人八法“威、厚、清、古、孤、薄、恶、俗”之类。我要谈的脸谱乃是每天都要映入我们眼帘的形形色色的活人的脸。旧戏脸谱和麻衣相法的脸谱，那乃是一些聪明人从无数活人脸中归纳出来的几个类型公式，都是第二手的资料，可以不管。

古人云“人心不同，各如其面”，那意思承认人面不同是不成问题的。我们不能不叹服人类创造者的技巧的神奇，差不多的五官七窍，但是部位配合，变化无穷，比七巧板复杂多了。对于什么事都讲究“统一”“标准化”的人，看见人的脸如此复杂离奇，恐怕也无法训练改造，只好由它自然发展罢？假使每一个人的脸都像是从一个模子里翻出来的，一律的浓眉大眼，一律的虎额隆准，在排起队来检阅的时候固然甚为壮观整齐，但不便之处必定太多，那是不可想象的。

人的脸究竟是同中有异，异中有同，否则也就无所谓谱。就粗浅的经验说，人的脸大致为二种，一种是令人愉快的，一种是令人不愉快的。凡是常态的，健康的，活泼的脸，都是令人愉快的，这样的脸并不多见。令人不愉快的脸，心里有一点或很多不痛快的事，很自然地把脸拉长一尺，或是罩上一层阴霾，但是这张脸立刻形成人与人之间的隔阂，立刻把这周围的气氛变得阴沉。假如，在可能范围之内，努力把脸上的筋肉松弛一下，嘴角上挂出一个微笑，自己费力不多，而给予人的快感甚大，可以使得这人生更值得留恋一些。我永不能忘记那永长不大的孩子潘彼得，他嘴角上永远挂着微笑，那是永恒的象征。一个成年人若是完全保持一张孩子脸，那也并不是理想的事，除了给“婴儿自己药片”作商标之外，也不见得有什么用处。不过赤子之天真，如在脸上还保留一点痕迹，这张脸对于人类的幸福是有贡献的。令人愉快的脸，其本身是愉快的，这与老幼妍媸无关。丑一点，黑一点，下巴长一点，鼻梁塌一点，都没有关系，只要上面漾着充沛的活力，便能辐射出神奇的光彩，不但有光，还有热，这样的脸能使满室生春，带给人们兴奋、光明、调谐、希望、欢欣。一张眉清目秀的脸，如果恹恹生气，我们也只好当作石膏像来看待了。

我觉得那是一个很好的游戏：早起出门，留心观察眼前活动的脸，看看其中有多少类型，有几张使你看了一眼之后还想再看？

不要以为一个人只有一张脸。女人不必说，常常“上帝给她一张脸，她自己另造一张”。不涂脂粉的男人的脸，也有“卷帘”一格，外面摆着一副面孔，在适当的时候呱嗒一声如帘子一般卷起，另露出一副面孔。“杰克博士与海德先生”(Dr.Jekyll and Mr.Hyde)那不是寓言。误入仕途的人往往养成这一套本领。对下司道貌岸然，或是面部无表情，像一张白纸似的，使你无从观色，莫测高深，或是面皮绷得像一张皮鼓，脸拉得驴般长，使你在他面前觉得矮好几尺！但是他一旦见到上司，驴脸得立刻缩短，再往瘪里一缩，马上变成柿饼脸，堆下笑容，直线条全变成曲线条，如果见到更高的上司，连笑容都凝结得堆不下来，未开言嘴唇要抖上好大一阵，脸上做出十足的诚惶诚恐之状。帘子脸是傲下媚上的主要工具，对于某一种人是少不得的。

不要以为脸和身体其他部分一样地受之父母，自己负不得责。不，在相当范围内，自己可以负责的，大概人的脸生来都是和善的，因为从婴儿的脸看来，不必一定都是颜如渥丹，但是大概都是天真无邪，令人看了喜欢的。我还没见过一个孩子带着一副不得善终的脸，脸都是后来自己作践坏了的，人们多半不体会自己的脸对于别人发生多大的影响。脸是到处都有的。在送殡的行列中偶然发现的哭丧脸，作讣闻纸色，眼睛肿得桃儿似的，固然难看。一行行的囚首垢面的人，如稻草人，如丧家犬，脸上作黄蜡色，像是才从牢狱里出来，又像是要到牢狱里去，凸着两只没有神的大眼睛，看着也令人心酸。还有一大群心地不够薄脸皮不够厚的人，满脸泛着平价米色，嘴角上也许还沾着一点平价油，身穿着一件平价布，一脸的愁苦，没有一丝的笑容，这样的脸是颇令人不快的。但是这些贫病愁苦的脸还不算是最令人不愉快，因为只是消极得令人心里堵得慌，而且稍微增加一些营养（如肉糜之类）或改善一些环境，脸上的神情还可以渐渐恢复常态。最令人不快的是一些本来吃得饱，睡得着，红光满面的脸，偏偏带着一股肃杀之气，冷森森地拒人千里之外，看你的时候眼皮都不抬，嘴撇得瓢儿似的，冷不防抬起眼皮给你一个白眼，黑眼球不知翻到哪里去了，脖梗子发硬，脑壳朝天，眉头皱出好几道熨斗都熨不平的深沟——这样的神情最容易在官办的业务机关的柜台后面出现。遇见这样的人，我就觉得惶惑：这个人是不是昨天赌了一夜以致睡眠不足，或是接连着腹泻了三天，或是新近遭遇了什么冥凶，否则何以乖戾至此，连一张脸的常态都不能维持了呢？

睡

我们每天睡眠八小时，便占去一天的三分之一，一生之中三分之一的时间于“一枕黑甜”之中度过，睡不能不算是人生一件大事。可是人在筋骨疲劳之后，眼皮一垂，枕中自有乾坤，其事乃如食色一般的自然，好像是不需措意。

豪杰之士有“闻午夜荒鸡起舞”者，说起来令人神往，但是五代时之陈希夷，居然隐于睡，据说“小则亘月，大则几年，方一觉”，没有人疑其为有睡病，而且传为美谈。这样的大量睡眠，非常人之所能。我们的传统的看法，大抵是不鼓励人多睡觉。昼寝的人早已被孔老夫子斥为不可造就，使得我们居住在亚热带的人午后小憩（西班牙人所谓 Siesta）时内心不免惭愧。后汉时有一位边孝先，也是为了睡觉受他的弟子们的嘲笑：“边孝先，腹便便，懒读书，但欲眠。”佛说在家戒法，特别指出“贪睡眠乐”为“精进波罗密”之一障。大概倒头便睡，等着太阳晒屁股，其事甚易，而掀起被衾，跳出软暖，至少在肉体上做“顶天立地”状，其事较难。

其实睡眠还是需要适量。我看倒是睡眠不足为害较大。“睡眠是自然的第二道菜”，亦即最丰盛的主菜之谓。多少身心的疲惫都在一阵“装死”之中涤除净尽。车祸的发生时常因为驾车的人在打瞌睡。衙门机构一些人员之一张铁青的脸，傲气凌人，也往往是由于睡眠不足，头昏脑涨，一肚皮的怨气无处发泄，如何能在脸上绽出人类所特有的笑容？至于在高位者，他们的睡眠更为重要，一夜失眠，不知要造成多少纰漏。

睡眠是自然的安排，而我们往往不能享受。以“天知地知我知子知”闻名的杨震，我想他睡觉没有困难，至少不会失眠，因为他光明磊落。心有恐惧，心有挂碍，心有忮求，倒下去只好辗转反侧，人尚未死而已先不能瞑目。庄子所谓“至人无梦”，《楞严经》所谓“梦想消灭，寝寤恒一”，都是说心里本来平安，睡时也自然塌实。劳苦分子，生活简单，日入而息，日出而作，不容易失眠。听说有许多治疗失眠的偏方，或教人计算数目字，或教人想象中描绘人体轮廓，其用意无非是要人收敛他的颠倒妄想，忘怀一切，但不知有多少实效。愈失眠愈焦急，愈焦急愈失眠，恶性循环，只好瞪着大眼睛，不觉东方之既白。

睡眠不能无床。古人席地而坐卧，我由“榻榻米”体验之，觉得不是滋味。后来北方的土炕砖炕，即较胜一筹。近代之床，实为一大进步。床宜大，不宜小。今之所谓双人床，阔不过四五尺，仅足供单人翻覆，还说什么“被底鸳鸯”？

莎士比亚《第十二夜》提到一张大床，英国 Ware 地方某旅舍有大床，七尺六寸高，十尺九寸阔，雕刻甚工，可睡十二人云。尺寸足够大了，但是睡上一打，其去沙丁鱼也几希，并不令人羡慕。讲到规模，还是要推我们上国的衣冠文物。我家在北平即藏有一旧床，杭州制，竹篾为绷，宽九尺余，深六尺余，床架高八尺，三面隔扇，下面左右床柜，俨然一间小屋，最可人处是床里横放架板一条，图书、盖碗、桌灯、四干四鲜，均可陈列其上，助我枕上之功。洋人的弹簧床，睡上去如落在棉花堆里，冬日犹可，夏日燠不可当。而且洋人的那种铺被的方法，将身体放在两层被单之间，把毯子裹在床垫之上，一翻身肩膀透风，一伸腿脚趾戳被，并不舒服。佛家的八戒，其中之一是“不坐高广大床”，和我的理想正好相反，我至今还想念我老家里的那张高广大床。

睡觉的姿态人各不同，亦无长久保持“睡如弓”的姿态之可能与必要。王右军那样的东床袒腹，不失为潇洒。即使佝偻着，如死蚯蚓，匍匐着，如癞蛤蟆，也不干谁的事。北方有些地方的人士，无论严寒酷暑，入睡时必脱得一丝不挂，在被窝之内实行天体运动，亦无伤风化。惟有鼾声雷鸣，最使不得。宋张端义《贵耳集》载一条奇闻：“刘垂范往见羽士寇朝，其徒告以睡。刘坐寝外闻鼻鼾之声，雄美可听，曰：

‘寇先生睡有乐，乃华胥调。’”所谓“华胥调”见陈希夷故事，据《仙佛奇踪》，“陈抟居华山，有一客过访，适值其睡，旁有一异人，听其息声，以墨笔记之。客怪而问之，其人曰：‘此先生华胥调混沌谱也。’”华胥氏之国不曾游过，华胥调当然亦无从欣赏，若以鼾声而论，我所能辨识出来的谱调顶多是近于“爵士新声”，其中可能真有“雄美可听”者。不过睡还是以不奏乐为宜。

睡也可以是一种逃避现实的手段。在这个世界活得不耐烦而又不肯自行退休的人，大可以掉头而去，高枕而眠，或竟曲肱而枕，眼前一黑，看不惯的事和看不入眼的人都可以暂时撇在一边，像驼鸟一般，眼不见为净。明陈继儒《珍珠船》记载着：“徐光溥为相，喜论事，大为李曼等所嫉，光溥后不言，每聚议，但假寐而已，时号睡相。”一个做到首相地位的人，开会不说话，一味假寐，真是懂得明哲保身之道，比危行言逊还要更进一步，这种功夫现代似乎尚未失传。

第四章

说话

从 容 自 在， 趣 品 人 生

CONGRONGZIZAI, QUPINRENSHENG

谈幽默

幽默是 humor 的音译，译得好，音义兼顾，相当传神，据说是林语堂先生的手笔。不过“幽默”二字，也是我们古文学中的现成语。《楚辞·九章·怀沙》：“眴兮杳杳，孔静幽默。”幽默是形容山高谷深荒凉幽静的意思，幽是深，默是静。我们现在所要谈的幽默，正是意义深远耐人寻味的一种气质，与成语“幽默”二字所代表的意思似乎颇为接近。现在大家提起幽默，立刻想起原来“幽默”二字的意思了。

“幽默”一语所代表的那种气质，在西方有其特定的意义与历史。据古代生理学，人体有四种液体：血液、粘液、黄胆液、黑胆液。这些液体名为幽默（humors），与四元素有密切关联。血似空气，湿热；黄胆液似火，干热；粘液似水，湿冷；黑胆液似土，干冷。

某些元素在某一种液体中特别旺盛，或几种液体之间失去平衡，则人生病。液体蒸发成气，上升至脑，于是人之体格上的、心理上的、道德上的特点于以形成，是之谓他的脾气性格，或径名之曰他的幽默。完好的性格是没有一种幽默主宰他。乐天派的人是血气旺，善良愉快而多情。胆气粗的人易怒，焦急，顽梗，记仇。粘性的人迟钝，面色苍白，怯懦。忧郁的人贪吃，畏缩，多愁善感。幽默之反常状态能进一步导致夸张的特点。在英国伊莉莎白时代，“幽默”一词成了人的“性格”（disposition）的代名词，继而成了“情绪”（mood）的代名词。到了一六〇〇年代，常以幽默作为人物分类的准绳。从十八世纪初起，英语中的幽默一语专用于语文中之足以引人发笑的一类。幽默作家常是别具只眼，能看出人类行为之荒谬、矛盾、滑稽、虚伪、可哂之处，从而以犀利简捷之方式一语点破。幽默与警语（wit）不同，前者出之以同情委婉之态度，后者出之以尖锐讽刺之态度，而二者又常不可分辨。例如莎士比亚创造的人物之中，孚斯塔夫滑稽突梯，妙语如珠，便是混合了幽默与警语之最好的榜样之一。

“幽默”一词虽然是英译，可是任何民族都自有其幽默。常听人说我们中国人缺乏幽默感。在以儒家思想为正统的社会里，幽默可能是不被鼓励的，但是我们看《诗经·卫风·淇奥》，“善戏谑兮，不为虐兮”，谑而不虐仍不失为美德。东方朔、淳于髡，都是滑稽之雄。

太史公曰:“天道恢恢，岂不大哉？谈言微中，亦可以解纷。”为立滑稽列传。较之西方文学，我们文学中的幽默成分并不晚出，也并未被轻视。宋元明理学大盛,教人正心诚意居敬穷理,好像容不得幽默存在,但是文学作家，尤其是戏剧与小说的作者，在编写行文之际从来没有舍弃幽默的成分。几乎没有一部小说没有令人绝倒的人物，几乎没有一出戏没有小丑插科打诨。至于明末流行的笑话书之类,如冯梦龙《笑府序》所谓“古今世界一大笑府，我与若皆在其中供话柄，不话不成人,不笑不成话,不笑不话不成世界”,直把笑话与经书子史相提并论,更不必说了。我们中国人不一定比别国人缺乏幽默感，不过表现的方式容或不同罢了。

我们的国语只有四百二十个音缀，而语词不下四千（高本汉这样说）。这就是说，同音异义的字太多，然而这正大量提供了文字游戏的机会。例如诗词里“晴”“情”二字相关，俗话中生熟的“生”与生育的“生”二字相关，都可以成为文字游戏。能说这是幽默么？在英国文学里，相关语（pun）太多了，在十六世纪时还成了一种时尚，为雅俗所共赏。文字游戏不是上乘的幽默，灵机触动，偶一为之，尚无不可，滥用就惹人厌。幽默的精义在于其中所含的道理，而不在于舞文弄墨博人一粲。

所以善幽默者，所谓幽默作家（humorists），其人必定博学多识，而又悲天悯人，洞悉人情世故，自然的谈唾珠玑，令人解颐。英小说家萨克莱于一八五一年作一连串演讲——《英国十八世纪幽默作家》，刊于一八五三年，历述绥夫特、斯特恩等的思想文字，着重点皆在于其整个的人格，而不在于其支离琐碎的妙语警句。幽默引人笑，引人笑者并不一定就是幽默。人的幽默感是天赋的，多寡不等，不可强求。

王尔德游美，海关人员问他有没有应该申报纳税的东西，他说："没有什么可申报的，除了我的天才之外。"这回答很幽默也很自傲。他可以这样说，因为他确是有他一分的天才。别人不便模仿他。我们欣赏他这句话，不是欣赏他的恃才傲物，是欣赏他讽刺了世人重财物而轻才智的陋俗的眼光。我相信他事前没有准备，一时兴到，乃脱口而出，语妙天下，讥嘲与讽刺常常有幽默的风味，中外皆然。

我有一次为文，引述了一段老的故事：某寺僧向人怨诉送往迎来不胜其烦，人劝之曰："尘劳若是，何不出家？"稿成，投寄某刊物，刊物主编以为我有笔误，改"何不出家"为"何必出家"，一字之差，点金成铁。他没有意会到，反语（irony）也往往是幽默的手段。

谈话的艺术

一个人在谈话中可以采取三种不同的方式，一是独白，一是静听，一是互话。

谈话不是演说，更不是训话，所以一个人不可以霸占所有的时间，不可以长篇大论的絮聒不休，旁若无人。有些人大概是口部筋肉特别发达，一开口便不能自休，绝不容许别人插嘴，话如连珠，音容并茂。他讲一件事能从盘古开天地讲起，慢慢的进入本题，亦能枝节横生，终于忘记本题是什么。这样霸道的谈话者，如果他言谈之中确有内容，所谓“吐佳言如锯木屑，霏霏不绝”，亦不难觅取听众。在英国文人中，约翰逊博士是一个著名的例子。在咖啡店里，他一开口，鼠都不敢叫。那个结结巴巴的高尔斯密一插嘴便触霉头。Sir Oracle 在说话，谁敢出声？约翰逊之所以被称为当时文艺界的独裁者，良有以也。学问、风趣不及约翰逊者，必定是比较的语言无味，如果喋喋不已，如何令人耐得！

有人也许是以为嘴只管吃饭而不作别用，对人乃钳口结舌，一言不发。这样的人也是谈话中所不可或缺的，因为谈话，和演戏一样，是需要听众的，这样的人正是理想的听众。欧洲中古时代的一个严肃的教派 Carthusian monks 以不说话为苦修精进的法门之一，整年的不说一句话，实在不易。那究竟是方外人，另当别论，我们平常人中却也有人真能寡言。他效法金人之三缄其口，他的背上应有铭曰："今之慎言人也"。你对他讲话，他洗耳恭听，你问他一句话，他能用最经济的辞句把你打发掉。如果你恰好也是"毋多言，多言多败"的信仰者，相对不交一言，那便只好共听壁上挂钟之滴答滴答了。钟会之与嵇康，则由打铁的叮当声来破除两人间之岑寂。这样的人现代也有，相对无言，莫逆于心，巴答巴答的抽完一包香烟，兴尽而散。无论如何，老于世故的人总是劝人多听少说，以耳代口，凡是不大开口的人总是令人莫测高深；口边若无遮拦，则容易令人一眼望到底。

谈话，和作文一样，有主题，有腹稿，有层次，有头尾，不可语无伦次。写文章肯用心的人就不太多，谈话而知道剪裁的就更少了。写文章讲究开门见山，起笔最要紧，要来得挺拔而突兀，或是非常爽朗，总之要引人入胜，不同凡响。谈话亦然。开口便谈天气好坏，当然亦不失为一种寒暄之道，究竟缺乏风趣。常见有客来访，宾主落座，客人徐徐开言:“您没有出门啊?”主人除了重申“我没有出门”这一事实之外，没有法子再作其他的答话。谈公事，讲生意，只求其明白清楚,没有什么可说的。一般的谈话往往是属于“无题”“偶成”之类，没有固定的题材，信手拈来，自有情致。情人们喁喁私语，总是有说不完的话题，谈到无可再谈，则“此时无声胜有声”了。老朋友们剪烛西窗，班荆道故，上下古今无不可谈，其间并无定则，只要对方不打哈欠。禅师们在谈吐间好逞机锋，不落迹象，那又是一种境界，不是我们凡夫俗子所能企望得到的。善谈和健谈不同，健谈者能使四座生春，但多少有点霸道，善谈者尽管舌灿莲花，但总还要给别人留些说话的机会。话的内容总不能不牵涉到人，而所谓人，则不是别人便是自己。谈论别人则东家长西家短全成了上好的资料，专门隐恶扬善则内容枯燥听来乏味，揭人阴私则又有伤口德，这其间颇费斟酌。英文 gossip 一字原义是“教父母”，尤指教母，引申而为任何中年以上之妇女，再引申而为闲谈，再引申而为飞短流长，而为长舌妇，可见这种毛病由来有自,“造谣学校”之缘起亦在于是,而且是中外皆然。不过现在时代进步，这种现象已与年纪无关。谈话而专谈自己当然不会伤人，并且缺德之事经自己宣扬之后往往变成为值得夸耀之事。不过这又显得“我执”太深，而且最关心自己的事的人，往往只是自己。英文的“我”字，是大写字母的“I”，有人已嫌其夸张，如果谈起话来每句话都用“我”字开头，不更显得自我本位了么?

在技巧上，谈话也有些个禁忌。“话到口边留半句”，只是劝人慎言，却有人认真施行，真个的只说半句，其余半句要由你去揣摩，好像文法习题中的造句，半句话要由你去填充。有时候是光说前半句，要你猜后半句；有时候是光说后半句，要你想前半句。一段谈话中若是破碎的句子太多，在听的方面不加整理是难以理解的。费时费事，莫此为甚。我看在谈话时最好还是注意文法，多用完整的句子为宜。另一极端是，唯恐听者印象不深，每一句话重复一遍，这办法对于听者的忍耐力实在要求过奢。谈话的腔调与嗓音因人而异，有的如破锣，有的如公鸡，有的行腔使气有板有眼，有的回肠荡气如怨如诉，有的于每一句尾加上一串格格的笑，有的于说完一段话之后像鲸鱼一般喷一口大气，这一切都无关宏旨，要紧的是说话的声音之大小需要一点控制。一开口便血脉贲张，声震屋瓦，不久便要力竭声嘶，气急败坏，似可不必。另有一些人的谈话别有公式，把每句中的名词与动词一律用低音，甚至变成耳语，令听者颇为吃力。有些人唾腺特别发达，三言两句之后嘴角上便积有两摊如奶油状的泡沫，于发出重唇音的时候便不免星沫四溅，真像是痰唾珠玑。人与人相处，本来易生摩擦，谈话时也要保持距离，以策安全。

骂人的艺术

古今中外没有一个不骂人的人。骂人就是有道德观念的意思，因为在骂人的时候，至少在骂人者自己总觉得那人有该骂的地方。何者该骂，何者不该骂，这个抉择的标准，是极道德的。所以根本不骂人，大可不必。骂人是一种发泄感情的方法，尤其是那一种怨怒的感情。想骂人的时候而不骂，时常在身体上弄出毛病，所以想骂人时，骂骂何妨。

但是，骂人是一种高深的学问，不是人人都可以随便试的。有因为骂人挨嘴巴的，有因为骂人吃官司的，有因为骂人反被人骂的，这都是不会骂人的缘故。今以研究所得，公诸同好，或可为骂人时之一助乎。

（一）知己知彼

骂人是和动手打架一样的，你如其敢打人一拳，你先要自己忖度下，你吃得起别人的一拳否。这叫作知己知彼。骂人也是一样。譬如你骂他是“屈死”，你先要反省，自己和“屈死”有无分别。你骂别人荒唐，你自己想想曾否吃喝嫖赌。否则别人回敬你一二句，你就受不了。所以别人有着某种短处，而足下也正有同病，那么你在骂他的时候只得割爱。

（二）无骂不如己者

要骂人须要挑比你大一点的人物，比你漂亮一点的或者比你坏得万倍而比你得势的人物，总之，你要骂人，那人无论在好的一方面或坏的一方面都要能胜过你，你才不吃亏。你骂大人物，就怕他不理你，他一回骂，你就算骂着了。因为身份相同的人才肯对骂。在坏的一方面胜过你的，你骂他就如教训一般，他即便回骂，一般人仍不会理会他的。假如你骂一个无关痛痒的人，你越骂他他越得意，时常可以把一个无名小卒骂出名了，你看冤与不冤？

（三）适可而止

骂大人物骂到他回骂的时候，便不可再骂；再骂则一般人对你必无同情，以为你是无理取闹。骂小人物骂到他不能回骂的时候，便不可再骂；再骂下去则一般人对你也必无同情，以为你是欺负弱者。

（四）旁敲侧击

他偷东西，你骂他是贼；他抢东西，你骂他是盗，这是笨伯。骂人必须先明虚实掩映之法，须要烘托旁衬，旁敲侧击，于要紧处只一语便得，所谓杀人于咽喉处着刀。越要骂他你越要原谅他，即便说些恭维话亦不为过，这样的骂法才能显得你所骂的句句是真实确凿，让旁人看起来也可见得你的度量。

（五）态度镇定

骂人最忌浮躁。一语不合，面红筋跳，暴躁如雷，此灌夫骂座，泼妇骂街之术，不足以言骂人。善骂者必须态度镇静，行若无事。普通一般骂人，谁的声音高便算谁占理，谁的来势猛便算谁骂赢，唯真善骂人者，乃能避其锋而击其懈。你等他骂得疲倦的时候，你只消轻轻地回敬他一句，让他再狂吼一阵。在他暴躁不堪的时候，你不妨对他冷笑几声，包管你不费力气，把他气得死去活来，骂得他针针见血。

（六）出言典雅

骂人要骂得微妙含蓄，你骂他一句要使他不甚觉得是骂，等到想过一遍才慢慢觉悟这句话不是好话，让他笑着的面孔由白而红，由红而紫，由紫而灰，这才是骂人的上乘。欲达到此种目的，深刻之用意固不可少，而典雅之言词则尤为重要。言词典雅可使听者不致刺耳。如要骂人骂得典雅，则首先要在骂时万万别提起女人身上的某一部分，万万不要涉及生理学范围。骂人一骂到生理学范围以内，底下再有什么话都不好说了。譬如你骂某甲，千万别提起他的令堂令妹。因为那样一来，便无是非可言，并且你自己也不免有令堂令妹，他若回敬起来，岂非势均力敌，半斤八两？再者骂人的时候，最好不要加入以种种难堪的名词，称呼起来总要客气，即使他是极卑鄙的小人，你也不妨称他先生，越客气，越骂得有力量。骂的时节最好引用他自己的词句，这不但可以使他难堪，还可以减轻他对你骂的力量。俗话少用，因为俗话一览无遗，不若典雅古文曲折含蓄。

（七）以退为进

两人对骂，而自己亦有理屈之处，则于开骂伊始，特宜注意，最好是毅然将自己理屈之处完全承认下来，即使道歉认错均不妨事。先把自己理屈之处轻轻遮掩过去，然后你再重整旗鼓，着着逼人，方可无后顾之忧。即使自己没有理屈的地方，也绝不可自行夸张，务必要谦逊不遑，把自己的位置降到一个不可再降的位置，然后骂起人来，自有一种公正光明的态度。否则你骂他一两句，他便以你个人的事反唇相讥，一场对骂，会变成两人私下口角，是非曲直，无从判断。所以骂人者自己要低声下气，此所谓以退为进。

（八）预设埋伏

你把这句话骂过去，你便要想想看，他将用什么话骂回来。有眼光的骂人者，便处处留神，或是先将他要骂你的话替他说出来，或是预先安设埋伏，令他骂回来的话失去效力。他骂你的话，你替他说出来，这便等于缴了他的械一般。预设埋伏，便是在要攻击你的地方，你先轻轻地安下话根，然后他骂过来就等于枪弹打在沙包上，不能中伤。

（九）小题大做

如对方有该骂之处，而题目甚小，不值一骂，或你所知不多，不足一骂，那时节你便可用小题大做的方法，来扩大题目。先用诚恳而怀疑的态度引申对方的意思，由不紧要之点引到大题目上去，处处用严谨的逻辑逼他说出不逻辑的话来，或是逼他说出合于逻辑但不合乎理的话来，然后你再大举骂他，骂到体无完肤为止，而原来惹动你的小题目，轻轻一提便了。

（十）远交近攻

一个时候，只能骂一个人，或一种人，或一派人，决不宜多树敌。所以骂人的时候，万勿连累旁人，即使必须牵涉多人，你也要表示好意，否则回骂之声纷至沓来，使你无从应付。

骂人的艺术，一时所能想起来的有上面十条，信手拈来，并无条理。我作此文的用意，是助人骂人。同时也是想把骂人的技术揭破一点，供爱骂人者参考。挨骂的人看看，骂人的心理原来是这样的，也算是揭破一张黑幕给你瞧瞧！

国文与国语

国文与国语是两件东西。会说国语的人，可能还是文盲。文字是书写阅读的，语言是口说耳听的。

但是国文与国语的关系仍然是很密切的。先有语言，后有文字，这是一般的通例。语言是随时在变的，所以文字一定也跟着变。如果文字固定不变，只能书写阅读，不能口说耳听，则是死文字，如希腊文、拉丁文等是。

我们中国的文字，是活文字，不是死文字，至少不像希腊文、拉丁文那样的死。可是，由于几千年来教育未能普及，识字的人太少，而少数的知识分子又格于形势，偏于保守，动起笔来不是效法周秦，便是模拟汉唐，以至于所谓国文与国语脱节，只能供少数人的使用、赏玩。儿童学语，不消一年半载，便能牙牙上口。若是要文字精通，便非积年累月痛下苦功不可。传统的国文和日常的语言，其间的距离太远了一点。其距离至少是和“古英文”或“中古英文”与现代英语之距离一样的远。这是很不幸的，而且也是不必要的。“言文一致”原是一个理想，事实上是不可能的，我还不知道世界上有哪一个国家在任何时代能言文一致。言与文虽然不能一致，不过也不可距离太远。距离太远，则为大多数人想，甚不方便。会说本国语而还要花费好多年的时光去学习本国文，实在是冤枉。所以白话文运动是确乎合于时宜的。

“白话文”者，乃是接近白话之文。白话文仍然是文，并非白话，并非是把口说的白话逐字逐句的写在纸上之谓。如谓嘴里说的话，笔录下来即能成文，恐天下无此便宜事。“出口成章”，那是要传为美谈的。白话文既仍然是文，当然还是要具备“文”的条件，章法、句法、声调、词藻等等仍然是要考究的。所以白话文仍然是要学的，不过学起来要比学唐宋古文便利得多。

不要以为话是人人会说的。有许多人硬是不会说话。有人说话啰嗦，不中肯綮，有人说话颠三倒四，语无伦次，有人说话滥用名词，有人说话辞不达意，说话而能清楚明白、简洁了当，并非是易事。“言为心声”，头脑清楚，然后才能说话清楚；思想周到，然后才能说话周到。会说话，然后就比较容易会写白话文了。所以白话文运动，一方面要把文从传统的古文的藩篱里解放出来，一方面也要努力把一般人的说话方式尽量的予以训练，使之较接近于文（我并不鄙视俗俚的语言，有时这样的语言还很能传神，经过选择后亦可被吸收成为文字中的用语，不过文究竟是文）。

白话文运动不是偶然的。清末，八股废，学校兴，浅近的文言一时成为风尚。我还记得，我小时候读的国文教科书，是“一人，二手。开门，见山。大山，小石。水落，石出。……”这和“人之初，性本善。……”已经大大不同了。到五四运动以后，也许是受了一点外国的影响，这才有“小猫叫，小狗跳……”“来，来，来上学……”之类的课文。小学生学国文，宜先从学说话起。说话的训练实在即是思想的训练。

古文还是要读的，其中的章法、句法、词藻都是很有价值的。不过要在白话文通了之后再读为宜。这是一个程序的问题。对于专门研究中国文学的人，古书古文读得越多越好，因为这是他的专门的学问；对于一般的人，当适可而止，匀出工夫来做别的事情。白话文通了之后再读古文，可以增加许多行文的技巧，使白话文变得简洁些，使白话文更像文。试看许多白话文的作家，写出文章如行云流水，清楚明白，或委婉多姿，或干脆利落，其得力处不在白话，而在于文。胡适之先生常自谦的说，他的文章像是才解放的小脚，受过过多的束缚，一时无法回复自然。这完全是他的谦虚。有几个人能写出像他那样的清莹透底的文章？依我看，小学及初中完全读白话文，高中完全读古文,应该是最妥当的办法。小学注意语言,初中注重文字,循序前进。

讲到国文教学，在教材教法方面，均应随时研究改良。最要紧的是，要认清国文教学的目的是什么。我以为其目的是在训练学生使用本国的语言文字以求有效的表达思想。如果这个目的不错，那么在国语、国文课程之内，应采取纯粹与这目的有关的材料做教材。有人常把“国学”与“国文”联在一起。我不轻视“国学”，虽然我不大清楚“国学”是什么。如果“国学”即是中国的文学、历史、哲学的话，那么“国学”一词实无存在之必要,应分列为“中国文学”“中国历史”“中国哲学”。国文当然也要有内容，本国文史的古典作品正不妨作为国文的资料，这话当然也有道理，不过如果我们不忘记国文的目的，则这些古典作品似应加以改写，使之简化，然后再编为国文资料。例如:在英美，荷马的故事、中古的传奇，对于每一高等学校的学生都耳熟能详，但并非是由于直接的读过那些古典原作，读的乃是经过重写改编的古典作品。我们的国文教学，也应该认清目标，慎选教材。我们中国古代的文化，确实值得我们珍视，确实值得令每一国民都有相当的认识，但是方法尽有的是，似不可令“国学”占去国文的一部分的地位。以高中及大一而言，与其选读深奥的古典作品，不如选读与现代生活有关的资料。有一个时期，国语与常识合编，我觉得那方向是对的，后来不知怎么又改变了。

教学方法，对于低年级的教学最宜讲究，这一套方法应求其现代化、科学化。英美学校之教英文，亦即他们的国文，在方法上我想一定有足资我们借鉴的地方。这有待于开明的专家们去努力研究。

商店礼貌

常听人说起北平商店的伙计接待客人如何的彬彬有礼，一团和气，并且举出许多实例以证明其言之不虚。我是北平人，应知北平事，这一番夸奖的话的确不算是过誉，不过“北平”二字最好改为“北京”，因为大约自从北京改称北平那年以后，北平商店也渐渐起了变化，向若干沿海通商大埠的作风慢慢地看齐了。

到瑞蚨祥买绸缎，一进门就可以如入无人之境，照直地往里闯，见楼梯就上，上面自有人点头哈腰，奉茶献烟，陪着聊两句闲天，然后依照主顾的吩咐支使徒弟东搬一块锦缎，西搬一块丝绒，抖擞满一大台面。任你褒贬挑剔，把嘴撇得瓢儿似的，店伙在一旁只是赔笑脸，不吭一口大气。多买少买，甚至不买，都没有关系，客人扬长而去，伙计恭送如仪。凡是殷实的正派的商店，所用的伙计都是科班学徒出身，从端尿盆捧夜壶起，学习至少三年，才有资格出任艰巨，更磨炼一段时间才能站在柜台后面应付顾客，最后方能晃来晃去地招待来宾。那“和气生财”的作风是后天地慢慢熏陶出来的。若是临时招聘的职员，他们的个性自然比较发达，谁还肯承认顾客至上？

从前饭馆的伙计也是训练有素的，大概都是山东人，不是烟台的就是济南的。一进门口就有人起立迎迓，“二爷来啦！”“三爷来啦！”客人排行第几，他都记得，因为这个古城流动户口很少，而且饭馆顾客喜欢赉临他所习惯去的地方。点菜的时候，跑堂的会插嘴：“二爷，别吃虾仁，虾仁不新鲜！”他会提供情报：“鲫鱼是才打包的，一斤多重。”一阵磋商之后，恰到好处的菜单拟好了。等菜不来，客人不耐烦拿起筷子敲盘叮咣声，在从前这是极严重的事，这表示招待不周。执事先生一听见敲盘声就要亲自出面道歉，随后有人打起门帘让客人看看那位值班跑堂的扛着铺盖走出大门——被辞退了。事实上他是从大门出去又从后门回来了。客人要用什么样的酒，不需开口，跑堂早打了电话给客人平素有交往的酒店：“×××街的×二爷在我们这里，送三斤酒来。”二爷惯用的那种多少钱一斤的酒就送来了，没有错。客人临去的时候，由堂口直到账房，一路有人喝送客，像是官府喝道一般。到了后来才有高呼小账若干若干的习惯，不是为客人听了脸上光彩，是为了小账目公开预备聚在一起大家均分，防止私弊。以后世风日下如果小账太少，堂倌怪声怪调地报告数目，那就是有意地挖苦了，哪里还有半点礼貌？

不消说，最讲礼貌的是桅厂，桅厂即是制售棺木的商店。给老人家预订寿材，不失为有备无患之举，虽然不是愉快的事，交易的气氛却是愉快至极。掌柜的一团和气，领客去看木板，楠木的，杉木十三圆的，一副一副地看，他不劝你买，不催你买，更不怂恿你多看几具，也不张罗着给你送到府上，只是一味地随和。这真是模范商店！这种商店后来是否也沾染了时代的潮流，是否伙计也是直眉竖眼，冷若冰霜，拒人于千里之外就不得而知了。

同仁堂丸散膏丹天下闻名，柜台前永远是里三层外三层地挤满顾客，只消远远地把购药单高高举起，店伙看到单子上密密麻麻，便争着伸手来抢——因为他们的店规是伙计们按照实绩提成计酬。用不着排队，无所谓先来后到，大主顾先伺候，小生意慢慢来，也不是全无秩序。可怜挤在柜台前面的，尽是些闻名而来的乡巴佬！

买东西的人并不希冀什么礼遇，交易而来，成交而返，只要不遭白眼不惹闲气。逐什一之利的人也不必镇日价堆着笑脸，除非他是天生的笑面虎。北平几度沧桑，往日的生活方式早已不可复见。我一听起有人谈到北平人的礼貌，便不免有今昔之感。

礼失而求诸野。在“野”的地方我倒是常受到礼貌的待遇。到银行去取款，行员一个个的都是盛装，男的打着领结，女的花枝招展，点头问讯，如遇故旧。把折子还给你，是用双手拿着递给你，不是老远地像掷铁环似的飞抛给你。如果是星期五，临去时还会祝你有一个快乐的周末，这一声祝语有好大的效力，真能使你有一个快乐的周末，还可能不止一个！有一次在一家杂货店给孩子买一只手表，半月后秒针脱落，不费任何唇舌就换了一只回来，而且店员连声道歉，说明如再出毛病仍可再换或是退款，一点也没有伤了和气。还有一回在超级市场买一个南瓜馅饼，回来切开一看却是苹果馅，也就胡乱吃了下去。过了一个月，又见标签为南瓜的馅饼，便叮问店员是否名副其实的南瓜馅饼，具以过去经验告之。店员不但没有愠意，而且大喜过望，自承以前的确有过一次张冠李戴的误失，只是标签贴错无法查明改正。“你是第二个前来指正我们的顾客，无以为敬，谨以这个南瓜馅饼奉赠。”相与呵呵大笑。这样的事随时随处皆可遇到，不算是好人好事，也不算是模范店员，没有人表扬。

为什么在野的地方一般人的表现反倒不野？我想没有方法可以解释，除非是他们的牛奶喝得多，睡觉睡得足。管子曰：“仓廪实则知礼节，衣食足则知荣辱。”这道理我们早就懂得。

第五章

故人

从 容 自 在 ， 趣 品 人 生

CONGRONGZIZAI, QUPINRENSHENG

送　行

“黯然销魂者，唯别而已矣”。遥想古人送别，也是一种雅人深致。古时交通不便，一去不知多久，再见不知何年，所以南浦唱支骊歌，灞桥折条杨柳，甚至在阳关敬一杯酒，都有意味。李白的船刚要启碇，汪伦老远地在岸上踏歌而来，那幅情景真是历历如在目前。其妙处在于淳朴真挚，出之以潇洒自然。平素莫逆于心，临别难分难舍。如果平常我看着你面目可憎，你觉得我语言无味，一旦远离，那是最好不过，只恨世界太小，惟恐将来又要碰头，何必送行？

在现代人的生活里，送行是和拜寿送殡等等一样地成为应酬的礼节之一。“揪着公鸡尾巴”起个大早，迷迷糊糊地赶到车站码头，挤在乱哄哄人群里面，找到你的对象，扯几句淡话，好容易耗到汽笛一叫，然后鸟兽散，吐一口轻松气，撅着大嘴回家。这叫做周到。在被送的那一方面，觉得热闹，人缘好，没白混，而且体面，有这么多人舍不得我走，斜眼看着旁边的没人送的旅客，相形之下，尤其容易起一种优越之感，不禁精神抖擞，恨不得对每一个送行的人要握八次手，道十回谢。死人出殡，都讲究要有多少亲友执绋，表示恋恋不舍，何况活人？行色不可不壮。

悄然而行似是不大舒服，如果别的旅客在你身旁耀武扬威地与送行的话别，那会增加旅中的寂寞。这种情形，中外皆然。Max Beerbohm 写过一篇《谈送行》，他说他在车站上遇见一位以演剧为业的老朋友在送一位女客，始而喁喁情话，俄而泪湿双颊，终乃汽笛一声，勉强抑止哽咽，向女郎频频挥手，目送良久而别。原来这位演员是在作戏，他并不认识那位女郎，他是属于“送行会”的一个职员，凡是旅客孤身在外而愿有人到站相送的，都可以到“送行会”去雇人来送。这位演员出身的人当然是送行的高手，他能放进感情，表演逼真。客人纳费无多，在精神上受惠不浅。尤其是美国旅客，用金钱在国外可以购买一切，如果“送行会”真的普遍设立起来，送行的人也不虞缺乏了。

送行既是人生中所不可少的一桩事，送行的技术也便不可不注意到。如果送行只限于到车站码头报到，握手而别，那么问题就简单，但是我们中国的一切礼节都把“吃”列为最重要的一个项目。一个朋友远别，生怕他饿着走，饯行是不可少的，恨不得把若干天的营养都一次囤积在他肚里。我想任何人都有这种经验，如有远行而消息外露（多半还是自己宣扬），他有理由期望着饯行的帖子纷至沓来，短期间家里可以不必开伙。还有些思虑更周到的人，把食物携在手上，亲自送到车上船上，好像是你在半路上会要挨饿的样子。

我永远不能忘记最悲惨的一幕送行。一个严寒的冬夜，车站上并不热闹，客人和送客的人大都在车厢里取暖，但是在长得没有止境的月台上却有黑压压的一堆送行的人，有的围着斗篷，有的戴着风帽，有的脚尖在洋灰地上敲鼓似的乱动，我走近一看全是熟人，都是来送一位太太的。车快开了，不见她的踪影，原来在这一晚她还有几处饯行的宴会。在最后的一分钟，她来了。送行的人们觉得是在接一个人，不是在送一个人，一见她来到大家都表示喜欢，所有惜别之意都来不及表现了。她手上抱着一个孩子，吓得直哭。另一只手扯着一个孩子，连跑带拖，她的头发蓬松着，嘴里喷着热气像是冬天载重的骡子，她顾不得和送行的人周旋，三步两步地就跳上了车。这时候门已在蠕动。送行的人大部分都手里提着一点东西，无法交付，可巧我站在离车门最近的地方，大家把礼物都交给了我，“请您偏劳给送上去吧！”我好像是一个圣诞老人，抱着一大堆礼物，我一个箭步窜上了车，我来不及致辞，把东西往她身上一扔，回头就走，从车上跳下来的时候，打了几个转才立定脚跟。事后我接到她一封信，她说：

那些送行的都是谁？你丢给我那一堆东西，到底是谁送的？我在车上整理了好半天，才把那堆东西聚拢起来打成一个大包袱。朋友们的盛情算是给我添了一件行李。我愿意知道哪一件东西是哪一位送的，你既是代表送上车的，你当然知道，盼速见告。

计开

水果三筐，泰康罐头四个，果露两瓶，蜜饯四盒，饼干四罐，豆腐乳四罐，蛋糕四盒，西点八盒，纸烟八听，信纸信封一匣，丝袜两双，香水一瓶，烟灰碟一套，小钟一具，衣料两块，酱菜四篓，绣花拖鞋一双，大面包四个，咖啡一听，小宝剑两把……

这问题我无法答复，至今是个悬案。

我不愿送人，亦不愿人送我，对于自己真正舍不得离开的人，离别的那一刹像是开刀，凡是开刀的场合照例是应该先用麻醉剂，使病人在迷蒙中度过那场痛苦，所以离别的苦痛最好避免。一个朋友说，“你走，我不送你，你来，无论多大风多大雨，我要去接你。”我最赏识那种心情。

中　年

钟表上的时针是在慢慢地移动着的，移动得如此之慢，使你几乎不感觉到它的移动，人的年纪也是这样的，一年又一年，总有一天会蓦然一惊，已经到了中年，到这时候大概有两件事使你不能不注意。讣闻不断地来，有些性急的朋友已经先走一步，很杀风景，同时又会忽然觉得一大批一大批的青年小伙子在眼前出现，从前也不知是在什么地方藏着的，如今一齐在你眼前摇晃，磕头碰脑的尽是些昂然阔步满面春风的角色，都像是要去吃喜酒的样子。自己的伙伴一个个地都入蛰了，把世界交给了青年人。所谓“耳畔频闻故人死，眼前但见少年多”，正是一般人中年的写照。

从前杂志背面常有“韦廉士红色补丸”的广告，画着一个憔悴的人，弓着身子，手拊着腰上，旁边注着“图中寓意”四字。那寓意对于青年人是相当深奥的。可是这幅图画却常在一般中年人的脑里涌现，虽然他不一定想吃“红色补丸”，那点寓意他是明白的了。一根黄松的柱子，都有弯曲倾斜的时候，何况是二十六块碎骨头拼凑成的一条脊椎？年轻人没有不好照镜子的，在店铺的大玻璃窗前照一下都是好的，总觉得大致上还有几分姿色。这顾影自怜的习惯逐渐消失，以至于有一天偶然揽镜，突然发现额上刻了横纹，那线条是显明而有力，像是吴道子的“莼菜描”，心想那是抬头纹，可是低头也还是那样。再一细看头顶上的头发有搬家到腮旁颔下的趋势，而最令人怵目惊心的是，鬓角上发现几根白发，这一惊非同小可，平素一毛不拔的人到这时候也不免要狠心地把它拔去，拔毛连茹，头发根上还许带着一颗鲜亮的肉珠。但是没有用，岁月不饶人！

一般的女人到了中年，更着急。哪个年轻女子不是饱满丰润得像一颗牛奶葡萄，一弹就破的样子？哪个年轻女子不是玲珑矫健得像一只燕子，跳动得那么轻灵？到了中年，全变了。曲线都还存在，但满不是那么回事，该凹入的部分变成了凸出，该凸出的部分变成了凹入，牛奶葡萄要变成金丝蜜枣，燕子要变鹌鹑。最暴露在外面的是一张脸，从“鱼尾”起皱纹撒出一面网，纵横辐转，疏而不漏，把脸逐渐织成一幅铁路线最发达的地图，脸上的皱纹已经不是熨斗所能烫得平的，同时也不知怎么在皱纹之外还常常加上那么多的苍蝇屎。所以脂粉不可少。除非粪土之墙，没有不可圬的道理。在原有的一张脸上再罩上一张脸，本是最简便的事。不过在上妆之前下妆之后，容易令人联想起《聊斋志异》的那一篇《画皮》而已。女人的肉好像最禁不起地心的吸力，一到中年便一齐松懈下来往下堆摊，成堆的肉挂在脸上，挂在腰边，挂在踝际。听说有许多西洋女子用擀面杖似的一根棒子早晚浑身乱搓，希望把浮肿的肉压得结实一点，又有些人干脆忌食脂肪忌食淀粉，扎紧裤带，活生生地把自己“饿”回青春去。有多少效果，我不知道。

别以为人到中年，就算完事。不，譬如登临，人到中年像是攀跻到了最高峰。回头看看，一串串的小伙子正在“头也不回呀汗也不揩”地往上爬。再仔细看看，路上有好多块绊脚石，曾把自己磕碰得鼻青脸肿，有好多处陷阱，使自己做了若干年的井底蛙。回想从前，自己做过扑灯蛾，惹火焚身，自己做过撞窗户纸的苍蝇，一心想奔光明，结果落在粘苍蝇的胶纸上！这种种景象的观察，只有站在最高峰上才有可能。向前看，前面是下坡路，好走得多。

施耐庵《水浒》序云：“人生三十未娶，不应再娶；四十未仕，不应再仕。”其实“娶”、“仕”都是小事，不娶不仕也罢，只是这种说法有点中途弃权的意味，西谚云：“人的生活在四十才开始。”好像四十以前，不过是几出配戏，好戏都在后面。我想这与健康有关。吃窝头米糕长大的人，拖到中年就算不易，生命力已经蒸发殆尽。这样的人焉能再娶？何必再仕？服“维他赐保命”都嫌来不及了。我看见过一些得天独厚的男男女女，年轻的时候愣头愣脑的，浓眉大眼，生僵挺硬，像是一些又青又涩的毛桃子，上面还带着挺长的一层毛。他们是未经琢磨过的璞石。可是到了中年，他们变得润泽了，容光焕发，脚底下像是有了弹簧，一看就知道是内容充实的。他们的生活像是在饮窖藏多年的陈酿，浓而芳冽！对于他们，中年没有悲哀。

四十开始生活，不算晚，问题在“生活”二字如何诠释。如果年届不惑，再学习溜冰踢毽子放风筝，“偷闲学少年”，那自然有如秋行春令，有点勉强。半老徐娘，留着“刘海”，躲在茅房里穿高跟鞋当做踩高跷般地练习走路，那也是惨事。中年的妙趣，在于相当地认识人生，认识自己，从而做自己所能做的事，享受自己所能享受的生活。科班的童伶宜于唱全本的大武戏，中年的演员才能担得起大出的轴子戏，只因他到中年才能真懂得戏的内容。

人生在世上，局促在一个小圈圈里，大概没有不想偶然远走高飞一下的。出门旅行，游山逛水，是一个办法，然亦不可常得。

故都乡情

北平城，历元、明、清以至民初，都是首都所在地。辇下人文荟萃，其间风土人情可记之处自不在少。明刘侗、于奕正合撰《帝京景物略》，清乾隆敕撰《日下旧闻考》都是翔实的记载；晚清的《燕京岁时记》以及抗战前北平研究院编《北平风俗类征》更是取材广博，巨细靡遗。寓居台湾人士每多故乡之思，而怀念北平者尤多，实因北平风物多彩多姿，令人低回留恋而不能自已。在这方面杰出的著作，我有缘拜读过的有陈鸿年的《故都风物》，郭立诚的《故都忆往》，唐鲁孙的《故园情》《中国吃》《南北看》《天下味》，皆笔触细腻，亲切动人。而最新出版的要数喜乐先生、小民女士贤伉俪所作之《故都乡情》，搜集北平的技艺、小贩、劳工、小吃，形形色色，一一加以介绍。其中资料全是作者亲身经验，以清末民初的北平社会实况为蓝本。尤其难能可贵的是喜乐、小民对北平各阶层有深入的了解，有许多情形不是一般北平土著都能洞晓的。而喜乐先生雅擅绘笔，力求传真不遗细节，小民的文笔活泼文雅，图文并茂，相得益彰。

我有一点感想。大概人都爱他的故乡，离乡背井一向被认为是一件苦事。英国浪漫诗人拜伦因为行为不检不容于清议，愤而去国，客死海外。他临行时说："不是我不配居住在英国，便是英国不配让我来居住。"其言虽激，其情可悯。其实一个人远离家乡，无论是由于任何缘故，日久必有一股乡愁。我是北平人，我生长在北平，祖宗坟墓在北平，然而一去三十余年，"春秋迭年，必有去故之悲"。如今读到这部大著，乃有重涉故园之感。

人于其家乡往往有所偏爱，觉得家乡一切都比外乡的好。曾见有人怀念故乡之文，始终不说明其家乡之所在，动辄曰"我家乡的桃是如何肥美"或"我家乡的梨是如何嫩甜"，一似他的家乡所产的水果可以独步天下。其实肥城桃莱阳梨才是真正的美味，无与伦比，其他各地所产相形之下直培娄耳。我们并不讥评他的见识不广，我们宁愿欣赏他的爱乡之殷。我也曾见人为文，夸赏他的家乡的时候，引用杜工部的诗句"月是故乡明"以表达他的情思。"外国的月亮圆"，固然是语无伦次，若说故乡之月较他处为明，岂不同样可嗤。按：九家注杜诗，师民瞻注云："江淹《别赋》'隔千里兮共明月'。子美工于用字，析而倒言之，故其语势尤健。"是工部乃在说故乡之月此时亦正明也，何尝有比较之意？妄引杜诗，也是由于爱乡情切，不无可原。喜乐、小民之书没有这种偏颇的毛病，北方风物之简陋处于有意无意之间毫无隐讳。

时代转移，北平也跟着变化。辛亥革命是一变，首都南迁是一变，日寇入侵是一变，而最近三十余年又是彻底翻腾的一大变。北平的社会面貌有了变化，北平的风土人情也跟着有了变化。三十多年前，乃至五六十年前北平风物的老样子，现在已经不可复睹了。喜乐、小民这部书是当年北平风物的实录，令人读后无限神往。我相信，有不少读者，会像我一样，觉得时光倒流，又复置身于那个既古老、又有趣、“无风三尺土，有雨一街泥”、喝豆汁、吃灌肠、放风筝、逛厂甸的北平城。

房东与房客

狗见了猫，猫见了耗子，全没有好气，总不免怒目相视，龇牙咧嘴，一场格斗了事。上天生物就是这样，生生相克，总得斗。房东与房客，或房客与房东，其间的关系也是同样的不祥。在房东眼里，房客很少有好东西；在房客眼里，房东根本就没有一个好东西。利害冲突，彼此很难维持人与人之间应有的常态。

房东的哲学往往是这样的："来看房的那个人，看样子就面生可疑。我的房子能随便租给人？租给他开白面房子怎么办？将来非找个妥保不可。你看他那个神儿！房子的间架矮哩，院子窄哩，地点偏哩，房租贵哩，褒贬得一文不值，好像是谁请他来住似的！你不合适不会不住？我说得清清楚楚，你没有家眷我可不租，他说他有。我问他是干什么的，他死不张嘴，再不就是吞吞吐吐，八成不是好人。可是后来我还是租给他了。他往里一搬，哎呀，怎那么多人口，也不知究竟是几家子？瘪嘴的老太太有好几位，孩子一大串，兔儿爷似的一个比一个高。住了没有几个月，房子糟蹋得不成样子，雪白的墙角上他堆煤，披麻绿油的影壁上画了粉笔的飞机与乌龟，砖缝里的草长了一人多高，沟眼也堵死了，水龙头也歪了，地板上的油漆也磨光了，天花板也熏黑了，玻璃窗也用高丽纸给补了，门环子也掉了……唉，简直是遭劫！房租到期还要拖欠，早一天取固然不成，过几天取也常要碰钉子，‘过两天再来吧’、‘下月一起付罢’、‘太太不在家’、‘先付半个月的罢’、‘我们还没有发薪哪，发了薪给你送去’……好，房租取不到，还得白跑道。腿杆儿都跑细了。他不给租钱，还挺横，你去取租的时候，他就叫你蹲在门口儿，砰的一声把大门关上了，好像是你欠他的钱！也有到时候把房租送上门来的，这主儿更难缠，说不定他早做了二房东。他怕我去调查。租人家的房子住人的，有几个是有良心的？……”

房客的哲学又是一套：“这房东的房子多得很，‘吃瓦片儿的’，任事不做。靠房钱吃饭。这房子一点儿也不合局，我要是有钱绝不租这样的房子。我是凑合着住。一进门就是三份儿，一房一茶一打扫。比阎王还凶。没法子，给你。还要打铺保？我人地生疏，哪里找保去？难道我还能把你的房子吃掉不成？你问我家里人口多不多？你管得着吗？难道房东还带查户口？‘不准转租’，我自己还不够住的呢！可是我要把南房腾空转租，你也管不了，反正我不欠你的房租。‘不准拖欠’，噫，我要是有钱我绝不拖欠。这个月我迟领了几天薪，房东就三天两头儿地找上门来，好像是有几年没付房钱似的，搅得我一家不安。谁没有个手头儿发窘？何苦！房钱错了一天也不行，急如星火，可是那天下雨房漏了，打了八次电话，他也不派人来修，把我的被褥都湿脏了，阴沟堵住了，院里积了一汪子水，也不来修。门环掉了，都是我自己找人修的。他还腼着脸催房钱！无耻！我住了这样久，没糟蹋你一间房子，墙、柱子都好好的，没摘过你一扇门一扇窗子，还要怎样？这样的房客你哪里找去？……”

房东房客如此之不相容，租赁的关系不是很容易决裂的吗？啊不，比离婚还难。房东虽然不好，房子还是要住的；房客虽然不好，房子不能不由他住。主客之间永远是紧张的，谁也不把谁当作君子看。

这还是承平时代的情形。在通货膨胀的时代，双方的无名火都提高了好几十丈，提起对方的时候恐怕牙都要发痒。

房东的哲学要追加这样一部分：“你这几个房钱够干什么的？你以后不必给房钱了，每个月给我几个烧饼好了。一开口就是‘老房客’，老房客就该白住房？你也打听打听现在的市价，顶费要几条几条的，房租要一袋一袋的，我的房租不到市价的十分之一，人不可没有良心。你嫌贵，你别处租租试试看。你说年头不好，你没有钱，你可以住小房呀！谁叫你住这么大的一所？没有钱，就该找三间房忍着去，你还要场面？你要是一个钱都没有，就该白住房吗？我一家子指着房钱吃饭哪！你也不是我的儿子，我为什么让你白住？……”

房客方面也追加理由如下：“我这么多年没欠过租，我们的友谊要紧。房钱不是没有涨过，我自动地还给你涨过一次呢，要说是市价一间一袋的话，那不合法，那是高抬物价，市侩作风，说到哪里也是你没理。人不可不知足。你要涨到多少才叫够？我的薪水也并没有跟着物价涨。才几个月的工夫，又啰唣着要涨房租，亏你说得出口！你是房东，资产阶级，你不知没房住的苦，何必在穷人身上打算盘？不用废话了，等我的薪水下次调整，也给你加一点儿，多少总得加你一点儿，这个月还是这么多，你爱拿不拿！你不拿，我放在提存处去，不是我欠租。……”

闹到这个地步，关系该断绝了罢？啊不。房客赌气搬家，不，这个气赌不得，赌财不赌气。房东撵房客搬家，更不行，撵人搬家是最伤天害理的事，谁也不同情，而且事实上也撵不动，房客像是生了根一般。打官司吗？房东心里明白：请律师递状，开庭，试行和解，开庭辩论，宣判，二审，三审，执行，这一套程序不要两年也得一年半，不合算。没法子，呕吧。房东和房客就这样地在呕着。

世界上就没有人懂得一点儿宾主之谊，客客气气，好来好散的吗？有。不过那是在“君子国”里。

结婚典礼

结婚这件事，只要成年的一男一女两厢情愿就成，并不需要而且不可以有第三者的参加。但是民法第八百九十二条规定要有公开仪式，再加上社会的陋俗（大部分似“野蛮的遗留”），以及爱受洋罪者的参酌西法，遂形成了近年来通行于中上阶级之所谓结婚典礼，又名“文明结婚”，犹戏中之有“文明新戏”。婚姻大事，不可潦草，单凭父母之命媒妁之言就把一对无辜男女捏合起来，这不叫作潦草；只因一时冲动而遂盲目地订下偕老之约，这也不叫潦草；唯有不请亲戚朋友街坊四邻来胡吃乱叫，或不当众提出结婚人来验明正身，则谓之曰潦草，又名不隆重。假如人生本来像戏，结婚典礼便似“戏中戏”，越隆重则越像。这出戏订期开演，先贴海报，风雨无阻，“撒网”敛钱，鼎惠不辞；届时悬灯结彩，到处猩红；在音乐方面则或用乞丐兼任的吹鼓手，或用卖仁丹游街或绸缎店大减价的铜乐队，或钢琴或风琴或口琴；少不了的是与演员打成一片的广大观众，内中包括该回家去养老的，该寻正当娱乐的，该受别种社会教育以及平时就该摄取营养的；……演员的服装，或买或借或赁，常见的是蓝袍马褂及与环境全然不调和的一身西装大礼服，高冠燕尾，还有那短得像一件斗篷而还特烦两位小朋友牵着的那一橛子粉红纱！那出戏的尾声是，主人的腿子累得发麻，客人醉翻三五辈，门外的车夫一片叫嚣。评剧家曰："很热闹！"

这戏的开始照例是证婚人致辞。证婚人照例是新郎的上司，或新娘家中比较拿出来最像样的贵戚。他的身份等于"跳加官"，但他自己不知道，常常误会他是在做主席，或是礼拜堂里的牧师，因此他的职务成为善颂善祷，和那些在门口高叫"正念喜，抬头观，空中来了福禄寿三仙……"的叫花子是异曲而同工！他若是身通"国学"，诗云子曰的一来，那就不得了，在讲易经阴阳乾坤的时候，牵纱的小朋友们就非坐在地上不可，而在人丛后面伸长颈子的那位客人，一定也会把其颈项慢慢缩回去了。我们应该容忍他，让他毕其辞，甚而至于违着良心地报之以稀稀拉拉的掌声。放心，他将得意不了几次！

介绍人要两个，仿佛从前的一男媒一女媒，其实是为站在证婚人身旁时一边一个，较有对称之美。介绍人宜于是面团团一团和气，谁见了他都会被他撮合似的。所以常害胃病的，专吃平价米的都不该人选。许多荣任介绍人的常喜欢当众宣布他们只是名义上的介绍人，新郎新娘早已就……好像是生恐将来打离婚官司时要受连累，所以特先自首似的。其实是他多虑。所谓介绍，是指介绍结婚，这是婚书上写得明明白白的，并不曾要他介绍新郎新娘认识或恋爱，所以以前的因误会而恋爱和以后的因失望而反目，其责任他原是不负的。从前俗语说，“新娘搀上床，媒人扔过墙”，现在的介绍人则毋须等待新娘上床便已解除职务了。

新郎新娘的“台步”是值得注意的，从这里可以看出导演者的手法。新郎应该像是一只木鸡，由两个傧相挟之而至，应该脸上微露苦相，好像做下什么坏事现在败露了要受裁判的样子，这才和身份相称。新娘走出来要像蜗牛，要像日移花影，只见她的位置移动，而不见她行走，头要垂下来，但又不可太垂，要表示出头和颈子还是连着的，扶着两个煞费苦心才寻到的不比自己美的傧相，随着一派乐声，在众目睽睽之下，由大家尽量端详。礼毕，新娘要准备迎接一阵“天雨粟”，也有羼杂粮的，也有带干果的，像冰雹似的没头没脸地打过来。有在额角上被命中一颗核桃的，登时皮肉隆起如舍利子。如果有人扫拢来，无疑地可以熬一大锅“腊八粥”。还有人抛掷彩色纸条。想把新娘做成一个茧子。客人对于新娘的种种行为，由品头论足以至大闹新房，其实在刑法上都可以构成诽谤、侮辱、伤害、侵入私宅和有伤风化等罪名的，但是在隆重的结婚典礼里，这些丑态是属于“撑场面”一类，应该容许！

曾有人把结婚比作“蛤蟆跳井”——可以得水，但是永世不得出来。现代人不把婚姻看得如此严重，法律也给现代人预先开了方便的后门或太平梯之类，所以典礼的隆重并不发生任何担保的价值。没有结过婚的人，把结婚后幻想成为神仙的乐境，因此便以结婚为得意事，甘愿铺张，唯恐人家不知，更恐人家不来，所以往往一面登报“一切从简”，一面却是倾家荡产地“敬治喜筵”，以为诱饵。来观婚礼的客人，除了真有友谊的外，是来签到，出钱看戏，或真是双肩承一喙地前来就食！

我们能否有一种简便的节俭的合理的愉快的结婚仪式呢？这件事需要未婚者来细想一下，已婚者就不必多费心了。

教育你的父母

“养不教，父之过。”现在时代不同了。父母年纪大了，子女也负有教育父母的义务。话说起来好像有一点刺耳，而事实往往确是这样。

“吃到老，学到老。”前半句人人皆优为之，后半句却不易做到。人到七老八十，面如冻梨，痴呆黄耆，步履维艰，还教他学什么？只合含饴弄孙（如果他被准许做这样的事），或只坐在公园木椅上晒太阳。这时候做子女的就要因材施教，教他的父母不可自暴自弃，应该“当一天和尚撞一天钟”，“人生七十才开始”。西谚有云：“没有狗老得不能学新把戏。”岂可人不如狗？并且可以很容易地举出许多榜样，例如：

一、摩西老祖母一百岁时还在画。

二、罗素九十四岁时还在奔走世界和平。

三、萧伯纳九十二岁还在编戏。

四、史怀泽八十九岁还在非洲行医。

五、歌德写完他的《浮士德》时是八十三岁。

旁敲侧击，教他见贤思齐，争上游，不可以自甘老朽，饱食终日。游手好闲，耗吃等死，就是没出息。年轻人没出息，犹有指望，指望他有朝一日悛悔自新。上了年纪的人没出息，还有什么指望？二辈子！

孩子已经长大成人，甚至已经生男育女，在父母眼中他还是孩子。所以老莱子彩衣娱亲，仆地作儿啼，算是孝行。那时候他已经行年七十，他的父母该是九十以上的人了。这种孝行如今不可能发生。如今的孩子，翅膀一硬，就要远走高飞，此后男婚女嫁，小两口子自成一个独立的单位，五世同堂乃成为一种幻想，或竟是梦魇。现代子女应该早早提醒父母，老境如何打发，宜早为之计，告诉他们如何储蓄以为养老之资，如何锻炼身体以免百病丛生。最重要的是要他们心理有所准备，需要自求多福。颐养天年，与儿女无涉。俗语说："一个人可以养活十个儿子，十个儿子养不活一个爸爸。"那就是因为儿子本身也要养活儿子，自顾不暇，既要承上，又要启下，忙不过来。十个儿子互相推诿，爸爸就没人管了。

代沟之说，有相当的道理。不过这条沟如何沟通，只好潜移默化，子女对父母未便耳提面命。上一代的人有许多怪习惯，例如：父母对于用钱的方式，就常不为子女所了解。年轻人心里常嘀咕，你要那么多钱干什么？一个钱也带不了棺材里去！一个钱看得像斗大，一串串的穿在肋骨上，就是舍不得摘下来。眼瞧着钱财越积越多，而生活水准不见提高。嘀咕没有用，要事实上逐步提示新的生活模式。看他的一把座椅缺了一只脚，垫着一块砖，勉强凑合，你便不妨给他买一张转椅躺椅之类，看他肯不肯坐。看他的衣服捉襟见肘，污渍斑斑，你便不妨给他买一件松松大大的夹克，看他肯不肯穿。这当然不免要破费几文，然而这是个案研究的教学法，教具是免不了的。终极目的是要父母懂得如何过现代的生活，要让他知道消费未必就是浪费。

勤俭起家的人无不爱惜物资。一颗饭粒都不可剩在碗里，更不可以落在地上。一张纸，一根绳，都不能委弃。以致家家都有一屋子的破铜烂铁。陶侃竹头木屑的故事一直传为美谈，须知陶侃至少有储存那些竹头木屑的地方。如今三房两厅的逼仄的局面，如何容得下那一大堆的东西？所以做子女的在家里要不时地负起清除家里陈年垃圾的责任。要教导父母，莫要心疼，旧的不去，新的不来。

我们一般中国人没有立遗嘱的习惯，尽管死后子女打得头破血出，或是把一张楠木桌锯成两半以便平分，或是缠讼经年丢人现眼，就是不肯早一点安排清楚。其原因在于讳言死。人活着的时候称死为“不讳”或“不可讳”,那意思就是说能讳时则讳,直到翘了辫子才不再讳。逼父母立遗嘱，这当然使不得。劝父母立遗嘱，也很难启齿。究竟如何使父母早立遗嘱,就要相机行事,乘父母心情开朗的时候,婉转进言,善为说词，以不伤感情为主。等到父母病革，快到易箦的时候才请他口授遗言，似乎是太晚了一些。

教育的方法多端，言教不如身教。父母并非低能，大抵也会知道模仿。在公共场所，如果年轻人都知道不可喧哗，他们的父母大概也会不大声说话。如果年轻人都知道鱼贯排队，他们的父母也会不再攘臂抢先。如果年轻人不牵着狗在人行道上遗矢，他们的父母也许不好意思到处吐痰。种种无言之教，影响很大，父母教育儿女，儿女也教育父母，有些事情是需要解释的，例如:中年发福不是好现象，要防止血压高，要注意胆固醇，等等。

有些父母在行为上犯有错误，甚至恶性重大不堪造就，为人子者也负有教育的责任。子曰:“事父母，几谏;见志不从，又敬而不违，劳而不怨。”这就是说，父母有错，要委婉劝告，不可不管;他不听，也不可放弃不管，更不可怨恨。当然，更不可以体罚。看父母那副孱弱的样子，不足以当尊拳。

想我的母亲

父母对子女的爱，子女对父母的爱，是神圣的。我写过一些杂忆的文字，不曾写过我的父母，因为关于这个题目我不敢轻易下笔。小民女士逼我写几句话，辞不获已，谨先略述二三小事以应，然已临文不胜风木之悲。

我的母亲姓沈，杭州人。世居城内上羊市街。我在幼时曾侍母归宁，时外祖母尚在，年近八十。外祖父入学后，没有更进一步的功名，但是课子女读书甚严。我的母亲教导我们读书启蒙，尝说起她小时苦读的情形。她同我的两位舅父一起冬夜读书，冷得腿脚僵冻，取大竹篓一，实以败絮，三个人伸足其中以取暖。我当时听得惕然心惊，遂不敢荒嬉。我的母亲来我家时年甫十八九，以后操持家务尽瘁终身，不复有暇进修。

我同胞兄弟姊妹十一人，母亲的煦育之劳可想而知。我记得我母亲常于百忙之中抽空给我们几个较小的孩子们洗澡。我怕肥皂水流到眼里，我怕痒，总是躲躲闪闪，总是格格的笑个不住，母亲没有工夫和我们纠缠，随手一巴掌打在身上，边洗边打边笑。

北方的冬天冷，屋里虽然有火炉，睡时被褥还是凉似铁。尤其是钻进被窝之后，脖子后面透风，冷气顺着脊背吹了进来。我们几个孩子睡一个大炕，头朝外，一排四个被窝。母亲每晚看到我们钻进了被窝，吱吱喳喳的笑语不停，便走过来把油灯吹熄，然后给我们一个个的把脖子后面的棉被塞紧，被窝立刻暖和起来，不知不觉的就睡着了。我不知道母亲用的是什么手法，只知道她塞棉被带给我无可言说的温暖舒适，我至今想起来还是快乐的，可是那个感受不可复得了。

我从小不喜欢喧闹。祖父母生日照例院里搭台唱傀儡戏或滦州影。一过八点我便掉头而去进屋睡觉。母亲得暇便取出一个大簸箩，里面装的是针线剪尺一类的缝纫器材，她要做一些缝缝连连的工作，这时候我总是一声不响的偎在她的身旁，她赶我走我也不走，有时候竟睡着了。母亲说我乖，也说我孤僻。如今想想，一个人能有多少时间可以偎在母亲身旁？

在我的儿时记忆中，我母亲好像是没有时候睡觉。天亮就要起来，给我们梳小辫是一桩大事，一根一根的梳个没完。她自己要梳头，我记得她用一把抿子醮着刨花水，把头发弄得锃光大亮。然后她就要一听上房有动静便急忙前去当差。盖碗茶、燕窝、莲子、点心，都有人预备好了，但是需要她去双手捧着送到祖父母跟前，否则要儿媳妇做什么？在公婆面前，儿媳妇是永远站着，没有座位的。足足的站几个钟头下来，不是缠足的女人怕也受不了！最苦的是，公婆年纪大，不过午夜不安歇，儿媳妇要跟着熬夜在一旁侍候。她困极了，有时候回到房里来不及脱衣服倒下便睡着了。虽然如此，母亲从来没有发过一句怨言。到了民元前几年，祖父母相继去世，我母亲才稍得轻闲，然而主持家政教养儿女也够她劳苦的了。她抽暇隔几年返回杭州老家去度夏，有好几次都是由我随侍。

母亲爱她的家乡。在北京住了几十年，乡音不能完全改掉。我们常取笑她，例如北京的“京”，她说成“金”，她有时也跟我们学，总是学不好，她自己也觉得好笑。我有时学着说杭州话，她说难听死了，像是门口儿卖笋尖的小贩说的话。

我想一般人都会同意，凡是自己母亲做的菜永远是最好吃的。我的母亲平常不下厨房，但是她高兴的时候，尤其是父亲亲自到市场买回鱼鲜或其他南货的时候，在父亲特烦之下，她也欣然操起刀俎。这时候我们就有福了。我十四岁离家到清华，每星期回家一天，母亲就特别痛爱我，几乎很少例外的要亲自给我炒一盘冬笋木耳韭菜黄肉丝，起锅时浇一勺花雕酒，这是我最喜欢的一道菜。但是这一盘菜一定要母亲自己炒，别人炒味道就不一样了。

我母亲喜欢在高兴的时候喝几盅酒。冬天午后围炉的时候，她常要我们打电话到长发叫五斤花雕，绿釉瓦罐，口上罩着一张毛边纸，温热了倒在茶杯里和我们共饮。下酒的是大落花生，若是有“抓空儿的”，买些干瘪的花生吃则更有味。我和两位姊姊陪母亲一顿吃完那一罐酒。后来我在四川独居无聊，一斤花生一罐茅台当作晚饭，朋友们笑我吃“花酒”，其实是我母亲留下的作风。

我自从入了清华，以后和母亲在一起的时候就少了。抗战前后各有三年和母亲住在一起。母亲晚年喜欢听平剧，最常去的地方是吉祥，因为离家近，打个电话给卖飞票的，总有好的座位。我很后悔，我没能分出时间陪她听戏，只是由我的姊姊弟弟们陪她消遣。

我父亲曾对我说，我们的家所以成为一个家，我们几个孩子所以能成为人，全是靠了我母亲的辛劳维护。一九四九年以后，音讯中断，直等到恢复联系，才知道母亲早已弃养，享寿九十岁。西俗，母亲节佩红康乃馨，如不确知母亲是否尚在则佩红白康乃馨各一。如今我只有佩白康乃馨的份了，养生送死，两俱有亏，惨痛惨痛！

我的一位国文老师

我在十八九岁的时候，遇见一位国文先生，他给我的印象最深，使我受益也最多，我至今不能忘记他。

先生姓徐，名镜澄，我们给他取的绰号是“徐老虎”，因为他凶。他的相貌很古怪，他的脑袋的轮廓是有棱有角的，很容易成为漫画的对象。头很尖，秃秃的，亮亮的，脸形却是方方的，扁扁的，有些像《聊斋志异》绘图中的夜叉的模样。他的鼻子、眼睛、嘴好像是过分的集中在脸上很小的一块区域里。他戴一副墨晶眼镜，银丝小镜框，这两块黑色便成了他脸上最显著的特征。我常给他画漫画，勾一个轮廓，中间点上两块椭圆形的黑块，便惟妙惟肖。他的身材高大，但是两肩总是耸得高高；鼻尖有一些红，像酒糟的，鼻孔里常川的藏着两桶清水鼻涕，不时的吸溜着，说一两句话就要用力的吸溜一声，有板有眼有节奏，也有时忘了吸溜，走了板眼，上唇上便亮晶晶的吊出两根玉箸，他用手背一抹。他常穿的是一件灰布长袍，好像是在给谁穿孝，袍子在整洁的阶段时我没有赶得上看见，余生也晚，我看见那袍子的时候即已油渍斑斓。他经常是仰着头，迈着八字步，两眼望青天，嘴撇得瓢儿似的。我很难得看见他笑，如果笑起来，是狞笑，样子更凶。

我的学校是很特殊的。上午的课全是用英语讲授，下午的课全是国语讲授。上午的课很严，三日一问，五日一考，不用功便要被淘汰，下午的课稀松，成绩与毕业无关。所以每到下午上国文之类的课程，学生们便不踊跃，课堂上常是稀稀拉拉的不大上座，但教员用拿毛笔的姿势举着铅笔点名的时候，学生却个个都到了，因为一个学生不只答一声到。真到了的学生，一部分从事午睡，微发鼾声，一部分看小说如《官场现形记》《玉梨魂》之类，一部分写“父母亲大人膝下”式的家书，一部分干脆瞪着大眼发呆，神游八表。有时候逗先生开玩笑。国文先生呢，大部分都是年高有德的，不是榜眼，就是探花，再不就是举人。他们授课也不过是奉行故事，乐得敷敷衍衍。在这种糟糕的情形之下，徐老先生之所以凶，老是绷着脸，老是开口就骂人，我想大概是由于正当防卫吧。

有一天，先生大概是多喝了两盅，摇摇摆摆的进了课堂。这一堂是作文，他老先生拿起粉笔在黑板上写了两个字，题目尚未写完，当然照例要吸溜一下鼻涕。就在这吸溜之际，一位性急的同学发问了：“这题目怎样讲呀？”老先生转过身来，冷笑两声，勃然大怒：“题目还没有写完，写完了当然还要讲，没写完你为什么就要问？……”滔滔不绝的吼叫起来，大家都为之愕然。这时候我可按捺不住了。我一向是个上午捣乱下午安分的学生，我觉得现在受了无理的侮辱，我便挺身分辩了几句。这一下我可惹了祸，老先生把他的怒火都泼在我的头上了。他在讲台上来回踱着，吸溜一下鼻涕，骂我一句，足足骂了我一个钟头，其中警句甚多，我至今还记得这样的一句：

“×××！你是什么东西？我一眼把你望到底！”这一句颇为同学们所传诵。谁和我有点争论遇到纠缠不清的时候，都会引用这一句“你是什么东西？我把你一眼望到底！”当时我看形势不妙，也就没有再多说，让下课铃结束了先生的怒骂。

但是从这一次起，徐先生算是认识我了。酒醒之后，他给我批改作文特别详尽。批改之不足，还特别的当面加以解释。我这一个“一眼望到底”的学生，居然成为一个受益最多的学生了。

徐先生自己选辑教材，有古文，有白话，油印分发给大家。《林琴南致蔡孑民书》是他讲得最为眉飞色舞的一篇。此外如吴敬恒的《上下古今谈》、梁启超的《欧游心影录》，以及张东荪的《时事新报》社论，他也选了不少。这样新旧兼收的教材，在当时还是很难得的开通的榜样。我对于国文的兴趣因此而提高了不少。徐先生讲国文之前，先要介绍作者，而且介绍得很亲切，例如他讲张东荪的文字时，便说：“张东荪这个人，我倒和他一桌吃过饭……”这样的话是相当的可以使学生们吃惊的。吃惊的是，我们的国文先生也许不是一个平凡的人吧，否则怎样会能够和张东荪一桌上吃过饭！

徐先生于介绍作者之后，朗诵全文一遍。这一遍朗诵可很有意思。他打着江北的官腔，咬牙切齿的大声读一遍，不论是古文或白话，一字不苟的吟咏一番，好像是演员在背台词，他把文字里的蕴藏着的意义好像都给宣泄出来了。他念得有腔有调，有板有眼，有情感有气势，有抑扬顿挫，我们听了之后，好像是已经理会到原文的意义的一半了。好文章掷地作金石声，那也许是过分夸张，但必须可以琅琅上口，那却是真的。

徐先生之最独到的地方是改作文。普通的批语“清通”“尚可”“气盛言宜”，他是不用的。他最擅长的是用大墨杠子大勾大抹，一行一行的抹，整页整页的勾；洋洋千余言的文章，经他勾抹之后，所余无几了。我初次经此打击，很灰心，很觉得气短，我掏心挖肝的好容易诌出来的句子，轻轻的被他几杠子就给抹了。但是他郑重的给我解释一会，他说：“你拿了去细细的体味，你的原文是软爬爬的，冗长，懈啦光唧的，我给你勾掉了一大半，你再读读看，原来的意思并没有失，但是笔笔都立起来了，虎虎有生气了。”我仔细一揣摩，果然。他的大墨杠子打得是地方，把虚泡囊肿的地方全削去了，剩下的全是筋骨。在这删削之间见出他的功夫。如果我以后写文章还能不多说废话，还能有一点点硬朗挺拔之气，还知道一点“割爱”的道理，就不能不归功于我这位老师的教诲。

徐先生教我许多作文的技巧。他告诉我，“作文忌用过多的虚字”，该转的地方，硬转，该接的地方，硬接，文章便显着朴拙而有力。他告诉我，文章的起笔最难，要突兀矫健，要开门见山，要一针见血，才能引人入胜，不必兜圈子，不必说套语。他又告诉我，说理说至难解难分处，来一个譬喻，则一切纠缠不清的论难都迎刃而解了，何等经济，何等手腕！诸如此类的心得，他传授我不少，我至今受用。

我离开先生已将近五十年了，未曾与先生一通音讯，不知他云游何处，听说他已早归道山了。同学们偶尔还谈起“徐老虎”，我于回忆他的音容之余，不禁的还怀着怅惘敬慕之意。

第六章

看人

从 容 自 在 ， 趣 品 人 生

CONGRONGZIZAI, QUPINRENSHENG

女　　人

有人说女人喜欢说谎；假如女人所捏撰的故事都能抽取版税，便很容易致富。这问题在什么叫作说谎。若是运用小小的机智，打破眼前小小的窘僵，获取精神上小小的胜利，因而牺牲一点点真理，这也可以算是说谎,那么,女人确是比较的富于说谎的天才。有具体的例证。你没有陪过女人买东西吗？尤其是买衣料，她从不干干脆脆地说要做什么衣，要买什么料，准备出多少钱。她必定要东挑西拣，翻天覆地，同时口中念念有词，不是嫌这匹料子太薄，就是怪那匹料子花样太旧，这个不经洗，那个不经晒，这个缩头大，那个门面窄，批评得人家一文不值。其实，满不是这么一回事，她只是嫌价码太贵而已！如果价钱便宜，其他的缺点全都不成问题，而且本来不要买的也要购储起来。一个女人若是因为炭贵而不生炭盆，她必定对人解释说：“冬天生炭盆最不卫生，到春天容易喉咙痛！”屋顶渗漏，塌下盆大的灰泥，在未修补之前，女人便会向人这样解释：“我预备在这地方安装电灯。”自己上街买菜的女人，常常只承认散步和呼吸新鲜空气是她上市的唯一理由。艳羡汽车的女人常常表示她最厌恶汽油的臭味。坐在中排看戏的女人常常说前排的头等座位最不舒适。一个女人馈赠别人，必说：“实在买不到什么好的……”其实这东西根本不是她买的，是别人送给她的。一个女人表示愿意陪你去上街走走，其实是她顺便要买东西。总之，女人总欢喜拐弯抹角的，放一个小小的烟幕，无伤大雅，颇占体面。这也是艺术，王尔德不是说过“艺术即是说谎”吗？这些例证还只是一些并无版权的谎话而已。

女人善变，多少总有些哈姆雷特式，拿不定主意；问题大者如离婚结婚，问题小者如换衣换鞋，都往往在心中经过一读二读三读，决议之后再复议，复议之后再否决，女人决定一件事之后，还能随时做一百八十度的大转弯，做出那与决定完全相反的事，使人无法追随。因为变得急速所以容易给人以“脆弱”的印象。莎士比亚有一名句：“‘脆弱’呀，你的名字叫作‘女人’！”但这脆弱，并不永远使女人吃亏。越是柔韧的东西越不易摧折。女人不仅在决断上善变，即便是一个小小的别针位置也常变，午前在领扣上，午后就许移到了头发上。三张沙发，能摆出若干阵势；几根头发，能梳出无数花头，讲到服装，其变化之多，常达到荒谬的程度。外国女人的帽子，可以是一根鸡毛，可以是半只铁锅，或是一个畚箕。中国女人的袍子，变化也就够多，领子高的时候可以使她像一只长颈鹿，袖子短的时候恨不得使两腋生风，至于纽扣盘花，滚边镶绣，则更加是变幻莫测。“上帝给她一张脸，她能另造一张出来”。“女人是水做的”，是活水，不是止水。

女人善哭。从一方面看，哭常是女人的武器，很少人能抵抗她这泪的洗礼。俗语说“一哭二闹三上吊”，这一哭确实其势难当。但从另一方面看，哭也常是女人的内心的“安全瓣”。女人的忍耐的力量是伟大的，她为了男人，为了小孩，能忍受难堪的委屈。女人对于自己的享受方面，总是属于“斯多亚派”的居多。男人不在家时，她能立刻变成素食主义者，火炉里能爬出老鼠，开电灯怕费电，再关上又怕费开关。平素既已极端刻苦，一旦精神上再受刺激，便忍无可忍，一腔悲怨天然地化作一把把的鼻涕眼泪，从“安全瓣”中汩汩而出，腾出空虚的心房，再来接受更多的委屈。女人很少破口骂人（骂街便成泼妇，其实甚少），很少揎袖挥拳，但泪腺就比较发达。善哭的也就常常善笑，迷迷地笑，咻咻地笑，咯咯地笑，哈哈地笑，笑是常驻在女人脸上的，这笑脸常常成为最有效的护照。女人最像小孩，她能为了一个滑稽的姿态而笑得前仰后合，肚皮痛，淌眼泪，以至于翻跟头！哀与乐都像是常川有备，一触即发。

女人的嘴，大概是用在说话方面的时候多。女孩子从小往往就口齿伶俐，就是学外国语也容易琅琅上口，不像嘴里含着一个大舌头。

等到长大之后，三五成群，说长道短，声音脆，嗓门高，如蝉噪，如蛙鸣，真当得好几部鼓吹！等到年事再长，万一堕入“长舌”型，则东家长，西家短，飞短流长，搬弄多少是非，惹出无数口舌；万一堕入“喷壶嘴”型，则琐碎繁杂，絮聒唠叨，一件事要说多少回，一句话要说多少遍，如喷壶下注，万流齐发，当者披靡，不可向迩！一个人给他的妻子买一件皮大衣，朋友问他：“你是为使她舒适吗？”那人回答说：“不是，为使她少说些话！”

女人胆小，看见一只老鼠而当场昏厥，在外国不算是奇闻。中国女人胆小不至如此，但是一声霹雷使得她拉紧两个老妈子的手而仍战栗不止，倒是确有其事。这并不是做作，并不是故意在男人面前作态，使他有机会挺起胸脯说：“不要怕，有我在！”她是真怕。在黑暗中或荒僻处，没有人，她怕；万一有人，她更怕！屠牛宰羊，固然不是女人的事，杀鸡宰鱼，也不是不费手脚。胆小的缘故，大概主要的是体力不济。女人的体温似乎较低一些，有许多女人怕发胖而食无求饱，营养不足，再加上怕臃肿而衣裳单薄，到冬天瑟瑟打战，袜薄如蝉翼，把小腿冻得作“浆米藕”色，两只脚放在被里一夜也暖不过来，双手捧热水袋，从八月捧起，捧到明年五月，还不忍释手。抵抗饥寒之不暇，焉能望其胆大。

女人的聪明，有许多不可及处，一根棉线，一下子就能穿入针孔，然后一下子就能在线的尽头处打上一个结子，然后扯直了线在牙齿上砰砰两声，针尖在头发上擦抹两下，便能开始解决许多在人生中并不算小的苦恼，例如缝上衬衣的扣子，补上袜子的破洞之类。至于几根篾棍，一上一下地编出多少样物事，更是令人叫绝。有学问的女人，创辟“沙龙”，对任何问题能继续谈论至半小时以上，不但不令人入睡，而且令人疑心她是内行。

男　　人

男人令人首先感到的印象是脏！当然，男人当中亦不乏刷洗干净洁身自好的，甚至还有油头粉面衣冠楚楚的，但大体讲来，男人消耗肥皂和水的数量要比较少些。某一男校，对于学生洗澡是强迫的，入浴签名，每周计核，对于不曾入浴的初步惩罚是宣布姓名，最后的断然处置是定期强迫入浴，并派员监视，然而日久玩生，签名簿中尚不无浮冒情事。有些男人，西装裤尽管挺直，他的耳后脖根，土壤肥沃，常常宜于种麦！袜子手绢不知随时洗涤，常常日积月累，到处塞藏，等到无可使用时，再从那一堆污垢存货当中拣选比较干净的去应急。有些男人的手绢，拿出来硬像是土灰面制的百果糕，黑乎乎黏成一团，而且内容丰富。男人的一双脚，多半好像是天然的具有泡菜霉干菜再加糖蒜的味道，所谓“濯足万里流”是有道理的，小小的一盆水确是无济于事，然而多少男人却连这一盆水都吝而不用，怕伤元气。两脚既然如此之脏，偏偏有些“逐臭之夫”喜于脚上藏垢纳污之处往复挖掘，然后嗅其手指，引以为乐！多少男人洗脸都是专洗本部，边疆一概不理，洗脸完毕，手背可以不湿，有的男人是在结婚后才开始刷牙。“扪虱而谈”的是男人。还有更甚于此者，曾有人当众搔背，结果是从袖口里面摔出一只老鼠！除了不可挽救的脏相之外，男人的脏大概是由于懒。

对了！男人懒。他可以懒洋洋坐在旋椅上，五官四肢，连同他的脑筋（假如有），一概停止活动，像呆鸟一般；“不闻夫博弈者乎……”那段话是专对男人说的。他若是上街买东西，很少时候能令他的妻子满意，他总是不肯多问几家，怕跑腿，怕费话，怕讲价钱。什么事他都嫌麻烦，除了指使别人替他做的事之外，他像残废人一样，对于什么事都愿坐享其成，而名之曰“室家之乐”。他提前养老，至少提前二三十年。

紧毗连着“懒”的是“馋”。男人大概有好胃口的居多。他的嘴，用在吃的方面的时候多，他吃饭时总要在菜碟里发现至少一英寸见方半英寸厚的肉，才能算是没有吃素。几天不见肉，他就喊：“嘴里要淡出鸟儿来！”若真个三月不知肉味，怕不要淡出毒蛇猛兽来！有一个人半年没有吃鸡，看见了鸡毛帚就流涎三尺。一餐盛馔之后，他的人生观都能改变，对于什么都乐观起来。一个男人在吃一顿好饭的时候，他脸上的表情硬是在感谢上天待人不薄；他饭后衔着一根牙签，红光满面，硬是觉得可以骄人。主中馈的是女人，修食谱的是男人。

男人多半自私。他的人生观中有一基本认识，即宇宙一切均是为了他的舒适而安排下来的。除了在做事赚钱的时候不得不忍气吞声地向人奴膝婢颜外，他总是要做出一副老爷相。他的家便是他的国度，他在家里称王。他除了为赚钱而吃苦努力外，他是一个“伊比鸠派”，他要享受。他高兴的时候，孩子可以骑在他的颈上，他引颈受骑，他可以像狗似的满地爬；他不高兴时，他看着谁都不顺眼，在外面受了闷气，回到家里来加倍地发作。他不知道女人的苦处。女人对于他的殷勤委曲，在他看来，就如同犬守户鸡司晨一样的稀松平常，都是自然现象。他说他爱女人，其实他不是爱，是享受女人。他不问他给了别人多少，但是他要在别人身上尽量榨取。他觉得他对女人最大的恩惠，便是把赚来的钱全部或部分拿回家来，但是当他把一卷卷的钞票从衣袋里掏出来的时候，他的脸上的表情是骄傲的成分多，亲爱的成分少，好像是在说：“看我！你行吗？我这样待你，你多幸运！”他若是感觉到这家不复是他的乐园，他便有多样的借口不回到家里来。他到处云游，他另辟乐园。他有聚餐会，他有酒会，他有桥会，他有书会画会棋会，他有夜会，最不济的还有个茶馆。他的享乐的方法太多。假如轮回之说不假，下世侥幸依然投胎为人，很少男人情愿下世做女人的。他总觉得这一世生为男身，而享受未足，下一世要继续努力。

“群居终日，言不及义”，原是人的通病，但是言谈的内容，却男女有别。女人谈的往往是“我们家的小妹又病了”“你们家每月开销多少”之类。男人的是另一套，普通的方式，男人的谈话，最后不谈到女人身上便不会散场。这一个题目对男人最有兴味。如果有一个桃色案他们唯恐其和解得太快。他们好议论人家的隐私，好批评别人的妻子的性格相貌。“长舌男”是到处有的，不知为什么这名词尚不甚流行。

孩　子

兰姆是终身未娶的，他没有孩子，所以他有一篇《未婚者的怨言》收在他的《伊利亚随笔》里。他说孩子没有什么稀奇，等于阴沟里的老鼠一样，到处都有，所以有孩子的人不必在他面前炫耀。他的话无论是怎样中肯，但在骨子里有一点酸——葡萄酸。

我一向不信孩子是未来世界的主人翁，因为我亲见孩子到处在做现在的主人翁。孩子活动的主要范围是家庭，而现代家庭很少不是以孩子为中心的。一夫一妻不能成为家，没有孩子的家像是一株不结果实的树，总缺点什么；必定等到小宝贝呱呱坠地，家庭的柱石才算放稳，男人开始做父亲；女人开始做母亲，大家才算找到各自的岗位。我问过一个并非“神童”的孩子：“你妈妈是做什么的？”他说：“给我缝衣的。”“你爸爸呢？”小宝贝翻翻白眼：“爸爸是看报的！”但是他随即更正说："是给我们挣钱的。"孩子的回答全对。爹妈全是在为孩子服务。母亲早晨喝稀饭，买鸡蛋给孩子吃；父亲早晨吃鸡蛋，买鱼肝油精给孩子吃。最好的东西都要献呈给孩子，否则，做父母的心里便起惶恐，像是做了什么大逆不道的事一般。孩子的健康及其舒适，成为家庭一切设施的一个主要先决问题。这种风气，自古已然，于今为烈。自有小家庭制以来，孩子的地位顿形提高。以前的"孝子"是孝顺其父母之子，今之所谓"孝子"乃是孝顺其孩子之父母。孩子是一家之主，父母都要孝他！

"孝子"之说，并不偏激。我看见过不少的孩子，鼓噪起来能像一营兵；动起武来能像械斗；吃起东西来能像饿虎扑食；对于尊长宾客有如生番；不如意时撒泼打滚有如羊痫，玩得高兴时能把家具什物狼藉满室，有如惨遭洗劫；……但是"孝子"式的父母则处之泰然，视若无睹，顶多皱起眉头，但皱不过三四秒钟仍复堆下笑容，危及父母的生存和体面的时候，也许要狠心咒骂几声，但那咒骂大部分是哀怨乞怜的性质，其中也许带一点威吓，但那威吓只能得到孩子的讪笑，因为那威吓是向来没有兑现过的。"孟懿子问孝，子曰：'无违。'"今之"孝子"深韪是说。凡是孩子的意志，为父母者宜多方体贴，勿使稍受挫阻。近代儿童教育心理学者又有"发展个性"之说，与"无违"之说正相符合。

体罚之制早已被人唾弃，以其不合儿童心理健康之故。我想起一个外国的故事：

> 一个母亲带孩子到百货商店。经过玩具部，看见一匹木马，孩子一跃而上，前摇后摆，踌躇满志，再也不肯下来。那木马不是为出售的，是商店的陈设。店员们叫孩子下来，孩子不听；母亲叫他下来，加倍不听；母亲说带他吃冰淇淋去，依然不听；买朱古力糖去，格外不听。任凭许下什么愿，总是还你一个不听；当时演成僵局，顿成胶着状态。最后一位聪明的店员建议说："我们何妨把百货商店特聘的儿童心理学家请来解围呢？"众谋佥同，于是把一位天生成有教授面孔的专家从八层楼请了下来。专家问明原委，轻轻走到孩子身边，附耳低声说了一句话，那孩子便像触电一般，滚鞍落马，牵着母亲的衣裙，仓皇遁去。事后有人问那专家到底对孩子说的是什么话，那专家说："我说的是：'你若不下马，我打碎你的脑壳！'"

这专家真不愧为专家，但是颇有不孝之嫌。这孩子假如平常受惯了不兑现的体罚，威吓，则这专家亦将无所施其技了。约翰孙博士主张不废体罚，他以为体罚的妙处在于直截了当，然而约翰孙博士是十八世纪的人，不合时代潮流！

哈代有一首小诗，写孩子初生，大家誉为珍珠宝贝，稍长都夸做玉树临风，长成则为非作歹，终至于陈尸绞架。这老头子未免过于悲观。但是“幼有神童之誉,少怀大志,长而无闻,终乃与草木同朽”——这确是个可以普遍应用的公式。“小时聪明，大时未必了了。”究竟是知言，然而为父母者多属乐观。孩子才能骑木马，父母便幻想他将来指挥十万貔貅时之马上雄姿；孩子才把一曲抗战小歌哼得上口，父母便幻想着他将来喉声一啭彩声雷动时的光景；孩子偶然拨动算盘，父母便暗中揣想他将来或能掌握财政大权，同时兼营投机买卖；……这种乐观往往形诸言语，成为炫耀，使旁观者有说不出的感想。曾见一幅漫画：一个孩子跪在他父亲的膝头用他的玩具敲打他父亲的头，父亲眯着眼在笑，那表情像是在宣告：“看看！我的孩子！多么活泼，多么可爱！”旁边坐着一位客人裂着大嘴做傻笑状，表示他在看着，而且感觉兴趣。这幅画的标题是：“演剧术。”一个客人看着别人家的孩子而能表示感觉兴趣，这真确实需要良好的“演剧术”。兰姆显然是不欢喜演这样的戏。

孩子中之比较最蠢，最懒，最刁，最泼，最丑，最弱，最不讨人欢喜的，往往最得父母的钟爱。此事似颇费解，其实我们应该记得《西游记》中唐僧为什么偏偏欢喜猪八戒。

谚云：“树大自直。”意思是说孩子不需管教，小时恣肆些，大了自然全好。可是弯曲的小树，长大是否会直呢？我不敢说。

年　龄

从前看人作序，或是题画，或是写匾，在署名的时候往往特别注明“时年七十有二”、“时年八十有五”或是“时年九十有三”，我就肃然起敬。春秋时人荣启期以为行年九十是人生一乐，我想拥有一大把年纪的人大概是有一种可以在人前夸耀的乐趣。只是当时我离那耄耋之年还差一大截子，不知自己何年何月才有资格在署名的时候也写上年龄。我揣想署名之际写上自己的年龄，那时心情必定是扬扬得意，好像是在宣告：“小子们，你们这些黄口小儿，乳臭未干，虽然幸离襁褓，能否达到老夫这样的年龄恐怕尚未可知哩。”须知得意不可忘形，在夸示高龄的时候，未来的岁月已所余无几了。俗语有一句话说：“棺材是装死人的，不是装老人的。”话是不错，不过你试把棺盖揭开看看，里面躺着的究竟是以老年人为多。年轻的人将来的岁月尚多，所以我们称他为富于年。人生以年龄计算，多活一年即是少了一年，人到了年促之时，何可夸之有？我现在不复年轻，看人署名附带声明时年若干若干，不再有艳羡之情了。倒是看了富于年的英俊，有时不胜羡慕之至。

裸子植物和双子叶植物，其茎部的细胞因春夏成长秋冬停顿之故而形成所谓年轮，我们可以从而测知其年龄。人没有年轮，而且也不便横切开来察验。人年纪大了常自谦为马齿徒增，也没有人掰开他的嘴巴去看他的牙齿。眼角生出鱼尾纹，脸上遍洒黑斑点，都不一定是老朽的象征。头发的黑白更不足为凭。有人春秋鼎盛而已皓首皤皤，有人已到黄耈之年而顶上犹有“不白之冤”，这都是习见之事。不过，岁月不饶人，冒充少年究竟不是容易事。地心的吸力谁也抵抗不住。脸上、颈上、腰上、踝上，连皮带肉地往下坠，虽不至于“载跋其胡”，那副龙钟的样子是瞒不了人的。别的部分还可以遮盖起来，面部经常暴露在外，经过几番风雨，多少回风霜，总会留下一些痕迹。

好像有些女人对于脸上的情况较为敏感。眼窝底下挂着两个泡囊，其状实在不雅，必剔除其中的脂肪而后快。两颊松懈，一条条的沟痕直垂到脖子上，下巴底下更是一层层的皮肉堆累，那就只好开刀，把整张的脸皮揪扯上去，像国剧一些演员化装那样，眉毛眼睛一齐上挑，两腮变得较为光滑平坦，皱纹似乎全不见了。此之谓美容、整容，俗称之为拉皮。行拉皮手术的人，都秘不告人，而且讳言其事。所以在饮宴席上，如有面无皱纹的年高名婆在座，不妨含混地称赞她驻颜有术，但是在点菜的时候不宜高声地要鸡丝拉皮。

其实自古以来也有不少男士热衷于驻颜。南朝宋颜延之《庭诰文》:“炼形之家，必就深旷，友飞灵，糇丹石，粒精英，所以还年却老，延华驻采。”道家炼形养元，可以尸解升天，岂只延华驻采？这都是一些姑妄言之的神话。贵为天子的人才真的想要还年却老，千方百计地求那不老的仙丹。看来只有晋孝武帝比较通达事理，他饮酒举杯属长星（即彗星）:“长星，劝尔一杯酒，自古何时有万岁天子？”可是一般的天子或近似天子的人都喜欢听人高呼万岁无疆！

除了将要诹吉纳采交换庚帖之外，对于别人的真实年龄根本没有多加探讨的必要。但是我们的习俗，于请教“贵姓”、“大名”、“府上”之后，有时就会问起“贵庚”、“高寿”。有人问我多大年纪，我据实相告“七十八岁了”。他把我上下打量，摇摇头说:“不像，不像，很健康的样子，顶多五十。”好像他比我自己知道得更清楚。那是言不由衷的恭维话，我知道，但是他有意无意地提醒了我刚忘记了的人生四苦。能不能不提年龄，说一些别的，如今天天气之类？

女人的年龄是一大禁忌，不许别人问的。有一位女士很旷达，人问其芳龄，她据实以告:“三十以上，八十以下。”其实人的年龄不大容易隐秘，下一番考证功夫，就能找出线索，虽不中亦不远矣。这样做，除了满足好奇心以外，没有多少意义。可是人就是好奇。有一位男士在咖啡厅里邂逅一位女士，在暗暗的灯光之下他实在摸不清对方的年龄，他用臂肘触了我一下，偷偷地在桌下伸出一只巴掌，戟张着五指，低声问我有没有这个数目，我吓了一跳，以为他要借五万块钱，原来他是打听对方芳龄有无半百。我用四个字回答他："干卿底事？"有一位道行很高的和尚，涅槃的时候据说有一百好几十岁，考证起来聚讼纷纷，据我看，估量女士的年龄不妨从宽，七折八折优待。计算高僧的年龄也不妨从宽，多加三成五成。

人到了迟暮，如石火风灯，命在须臾，但是仍不喜欢别人预言他的大限。丘吉尔八十岁过生日，一位冒失的新闻记者有意讨好地说："丘吉尔先生，我今天非常高兴，希望我能再来参加你的九十岁的生日宴。"丘吉尔耸了一下眉毛说："小伙子，我看你身体满健康的，没有理由不能来参加我九十岁的宴会。"胡适之先生素来善于言词，有时也不免说溜了嘴，他六十八岁时候来台湾，在一次欢宴中遇到长他十几岁的齐如山先生，没话找话地说："齐先生，我看你活到九十岁绝无问题。"齐先生愣了一下说："我倒有个故事，有一位矍铄老叟，人家恭维他可以活到一百岁，愤然作色曰：'我又不吃你的饭，你为什么限制我的寿数？'"胡先生急忙道歉："我说错了话。"

代　沟

代沟是翻译过来的一个比较新的名词，但这个东西是我们古已有之的。自从人有老少之分，老一代与少一代之间就有一道沟，可能是难以飞渡的深沟天堑，也可能是一步迈过的小渎阴沟，总之是其间有个界限。沟这边的人看沟那边的人不顺眼，沟那边的人看沟这边的人不像话，也许吹胡子瞪眼，也许拍桌子卷袖子，也许口出恶声，也许真个地闹出命案，看双方的气质和修养而定。

《尚书·无逸》:“相小人，厥父母勤劳稼穑，厥子乃不知稼穑之艰难，乃逸乃谚既诞。否则侮厥父母曰:‘昔之人，无闻知。’”这几句话很生动，大概是我们最古的代沟之说的一个例证。大意是说:请看一般小民，做父母的辛苦耕稼，年轻一代不知生活艰难，只知享受放荡，再不就是张口顶撞父母说:“你们这些落伍的人，根本不懂事！”

活画出一条沟的两边的人对峙的心理。小孩子嘛，总是贪玩。好逸恶劳，人之天性。只有饱尝艰苦的人，才知道以无逸为戒。做父母的人当初也是少不更事的孩子，代代相仍，历史重演。一代留下一沟，像树身上的年轮一般。

虽说一代一沟，腌臜的情形难免，然大体上相安无事。这就是因为有所谓传统者，把人的某一些观念胶着在一套固定的范畴里。“不以规矩不能成方圆”，大家都守规矩，尤其是年轻的一代。“鞋大鞋小，别走了样子！”小的一代自然不免要憋一肚皮委屈，但是，别忙，“多年的媳妇熬成婆，多年的道路走成河”，转眼间黄口小儿变成了鲐背耇老，又轮到自己唉声叹气，抱怨一肚皮不合时宜了。

我记得我小的时候，早起要跟着姐姐哥哥排队到上房给祖父母请安，像早朝一样的肃穆而紧张，在大柜前面两张二人凳上并排坐下，腿短不能触地，往往甩腿，这是犯大忌的，虽然我始终不知是犯了什么忌。祖父母的眼睛瞪得圆圆的，手指着我们的前后摆动的小腿说：“怎么，一点样子都没有！”吓得我们的小腿立刻停摆，我的母亲觉得很没有面子，回到房里着实地数落了我们一番。祖孙之间隔着两条沟，心理上的隔阂如何得免？当时我心里纳闷，我甩腿，干卿底事。我十岁的时候，进了陶氏学堂，领到一身体操时穿的白帆布制服，有亮晶的铜纽扣，裤边还镶贴两条红带，现在回想起来有点滑稽，好像是卖仁丹游街宣传的乐队，那时却扬扬自得，满心欢喜地回家，没想到赢得的是一头雾水，“好呀！我还没死，就先穿起孝衣来了！”我触了白色的禁忌。出殡的时候，灵前是有两排穿白衣的“孝男儿”，口里模仿号丧的哇哇叫。此后每逢体操课后回家，先在门洞脱衣，换上长褂，卷起裤筒。稍后，我进了清华，看见有人穿白帆布橡皮底的网球鞋，心羡不已，于是也从天津邮购了一双，但是始终没敢穿了回家。只求平安少生事，莫在代沟之内起风波。

大家庭制度下，公婆儿媳之间的代沟是最鲜明也最凄惨的。儿子自外归来，不能一头扎进闺房，那样做不但公婆瞪眼，所有的人都要竖起眉毛。他一定要先到上房请安，说说笑笑好一大阵，然后公婆（多半是婆）开恩发话：“你回屋里歇歇去吧。”儿子奉旨回到阃闱。媳妇不能随后跟进，还要在公婆面前周旋一下，然后公婆再度开恩：“你也去吧。”媳妇才能走，慢慢地走。如果媳妇正在院里浣洗衣服，儿子过去帮一下忙，到后院井里用柳罐汲取一两桶水，送过去备用，结果也会招致一顿长辈的唾骂：“你走开，这不是你做的事。”我记得半个多世纪以前，有一对大家庭中的小夫妻，十分的恩爱，夫暴病死，妻觉得在那样的家庭中了无生趣，竟服毒以殉。殡殓后，追悼之日政府颁赠匾额曰：“彤管扬芬”，女家致送的白布横披曰：“看我门楣”！我们可以听得见代沟的冤魂哭泣，虽然代沟另一边的人还在逞强。

以上说的是六七十年前的事。代沟中有小风波，但没有大泛滥。张公艺九代同居，靠了一百多个忍字。其实九代之间就有八条沟，沟下有沟，一代历一代，那一百多个忍字还不是一面倒，多半由下面一代承当？古有明训，能忍自安。

五四运动实乃一大变局。新一代的人要造反，不再忍了。有人要“整理国故”，管他什么三坟五典八索九丘，都要揪出来重新交付审判。礼教被控吃人，孔家店遭受捣毁的威胁，世世代代留下来的沟要彻底翻腾一下，这下子可把旧一代的人吓坏了。有人提倡读经，有人竭力卫道，但不是远水不救近火，便是只手难挽狂澜。代沟总崩溃，新一代的人如脱缰之马，一直旁出斜逸奔放驰骤到如今。旧一代的人则按照自然法则一批一批地凋谢，填入时代的沟壑。

代沟虽然永久存在，不过其现象可能随时变化。人生的麻烦事，千端万绪，要言之，不外财色两项。关于钱财，年长的一辈多少有一点吝啬的倾向。吝啬并不一定全是缺点。“称财多寡而节用之，富无金藏，贫不假贷，谓之啬。积多不能分人，而厚自养，谓之吝。不能分人，又不能自养，谓之爱。”这是《晏子春秋》的说法。所谓爱，就是守财奴。是有人好像是把孔方兄一个个地穿挂在他的肋骨上，取下一个都是血丝糊拉的。英文俚语，勉强拿出一块钱，叫作“咳出一块钱”，大概也是表示钱是深藏于肺腑，需要用力咳才能跳出来。年轻一代看了这种情形，老大的不以为然，心里想：“这真是‘昔之人，无闻知’，有钱不用，害得大家受苦，忘记了‘一个钱也带不了棺材里去’。”心里有这样的愤懑蕴积，有时候就要发泄。所以，曾经有一个儿子向父亲要五十元零用钱，其父靳而不予，由冷言恶语而拖拖拉拉，儿子比较身手矫健，一把揪住父亲的领带（唉，领带真误事），领带越揪越紧，父亲一口气上不来，一翻白眼，死了。这件案子，按理应剐，基于“心神丧失”的理由，没有剐，在代沟的历史里留下一个悲惨的记录。

人到成年，嘤嘤求偶，这时节不但自己着急，家长更是担心，可是所谓代沟出现了，一方面说这是我的事，你少管，另一方面说传宗接代的大事如何能不过问。一个人究竟是姣好还是寝陋，是端庄还是阴鸷，本来难有定评。“看那样子，长头发、牛仔裤、嬉游浪荡、好吃懒做，大概不是善类。”“爬山、露营、打球、跳舞，都是青年的娱乐，难道要我们天天匀出工夫来晨昏定省，膝下承欢？”南辕北辙，越说越远。其实“养儿防老”、“我养你小，你养我老”的观念，现代的人大部分早已不再坚持。羽毛既丰，各奔前程，上下两代能保持朋友一般的关系，可疏可密，岁时存问，相待以礼，岂不甚妙？谁也无需剑拔弩张，放任自己，而诿过于代沟。沟是死的，人是活的！代沟需要沟通，不能像希腊神话中的亚力山大以利剑砍难解之绳结那样容易地一刀两断，因为人终归是人。

敬　老

重九那一天，报纸上嚷嚷说要敬老。我记得前几年敬老还有仪式，许多七老八十的人被邀请到大会堂，于敬聆官长致辞之后，各得大碗面一碗，呼噜呼噜地当众表演吃面。在某一年，其中有某一位老者，不知是临面欢欣兴奋过度，还是饥火烧肠奋不顾身，竟白眼一翻当场噎死。从此敬老之面因噎废食，改为亲民之官致送礼品。根据《礼记·曲礼》，“七十曰老”，我们这个市里七十以上的达一万七千多位，所以市长纡尊降贵亲自登门送礼致敬的则限于年在百龄以上之人瑞，所以表示殊荣。

重九很快地过去，报纸忙着嚷嚷别的节日，谁还能天天敬老？一年一度，适可而止。敬老之事我已淡忘，有一天里干事先生亲自骑着脚踏车送来纸匣装着的饭碗一对，说明这是赠给拙荆的，不错，她今年七十，我还不够资格，我须到明年才能领受饭碗。我接过纸匣。手上并不觉得沉甸甸，知非金碗，当即放心收下。里干事先生掉头而去，我看他脚踏车上后面一大纸箱，里面至少有几十匣饭碗。

这一对饭碗，白白净净，光光溜溜，碗口好像微有起伏不平之状，碗底有英文字样，细辨之则为Chilong China，显然是准备外销或已外销而又被退回的国货。是国货我就喜欢。碗上有两丛兰花，像郑思肖画的露根兰花——不，不是兰花，是稻谷，所谓嘉禾。碗上朱笔写着“五十九年老人节纪念，台北市长高玉树敬赠”。我把玩了一阵，实在舍不得天天捧着使用，只好放在柜橱里什袭藏之。

饭碗当然是以纯金制者为最有分量，但是瓷质饭碗也就足够成为吉祥的象征。民以食为天，人最怕的就是没有饭吃，尤其是怕老来没有饭吃。饭碗是吃饭的家伙，先有了饭碗然后才可以进一步往里面装饭。若能把两碗饭装在一只碗里，高高的，凸凸的，吃起来碰鼻头，四川人所谓的“帽儿头”，那是人生最高境界。即或碗内常空，或只能装到几分满，令人吃不饱饿不死，也能给人带来一份职业清高的美誉。多少人凄凄惶惶地找饭碗，多少人蝇营狗苟地谋求饭碗，又有多少人战战兢兢地唯恐打破饭碗！

老年饱经世变，与人无争，只希望平平安安地有碗饭吃，就心满意足，所以在这时节送上饭碗一对，实在等于是善颂善祷，努力加飧饭，适合国情之至。

敬老尊贤四个字是常连用的，其实老未必皆贤，老而不死者比比皆是，贤亦未必皆老，不幸短命死矣的人亦实繁有徒，唯有老而且贤，贤而且老，才真值得受人尊敬。

这种事，大家都宁愿睁一眼闭一眼，不欲苦追求。

百龄人瑞，年年有人拜访，叩问的大率是养生之术，不及其他。可以说是纯敬老。

第七章

先生

从 容 自 在 ， 趣 品 人 生

CONGRONGZIZAI,QUPINRENSHENG

辜鸿铭先生轶事

辜鸿铭先生以茶壶譬丈夫，以茶杯譬妻子，故赞成多妻制，诚怪论也。

先生之怪论甚多，常告人以姓辜之故，谓始祖定为罪犯。又言始祖犯罪，不足引以为羞；若数典忘祖，方属可耻云。

先生深于英国文学之素养。或叩以养成之道，曰：先背熟一部名家著作做根基。又言今人读英文十年，开目仅能阅报，伸纸仅能修函，皆由幼年读一猫一狗式之教科书，是以终其身只有小成。先生极赞成中国私塾教授法，以开蒙未久，即读四书五经，尤须背诵如流水也。

先生之书法，极天真烂漫之致，别字虽不甚多，亦非极少。盖先生生于异国，学于苏格兰，比壮年入张之洞幕，始沉潜于故邦载籍云。

先生好选《诗经》中成句，译英文诗，虽未能天衣无缝，亦颇极传神之妙，惜以古衣冠加于无色民族之身上耳。先生以“情”译Poetry，以“理”译Philosophy，以“事”译History，以“物”译Science，以“阴阳”译Physic，以“五行”译Chemistry，以“红福”译Juno，以“清福”译Minerva，以“艳福”译Venus，于此可见其融合中外之精神。

先生喜征逐之乐，顾不修边幅，既垂长辫，而枣红袍与天青褂上之油腻，尤可鉴人，粲者立于其前，不须揽镜，即有顾影自怜之乐。先生对于妓者颇有同情，恒操英语曰：Prostitude者，Destitude也。（意谓卖淫者卖穷也。）

先生多情而不专，夫人在一位以上。尝娶日妇，妇死哭之悲，悼亡之痛，历久不渝。先生尝患贫，顾一闻丐者呼号之声，立即拔关而出，畀以小银币一二枚，勃豀之声，尝因之而起。

先生操多种方言，通几国文字；日之通士，尤敬慕先生，故日本人所办之英文报纸，常发表先生忠君爱国之文字。文中畅引中国经典，滔滔不绝，其引文之长，令人兴喧宾夺主之感，顾趣味弥永，凡读其文者只觉其长，并不觉其臭。

闻一多在珂泉

闻一多在一九二二年出国，往芝加哥美术学院学习绘画。对于到外国去，闻一多并不怎样热心。那时候，他是以诗人和艺术家自居的，而且他崇拜的是唯美主义。他觉得美国的物质文明尽管发达，那里的生活未必能适合他的要求。对于本国的文学艺术他一向有极浓厚的兴趣。他对我说过，他根本不想到美国去，不过既有这么一个机会，走一趟也好。

一多在船上写了一封信来，他说：

> 我在这海上漂浮的六国饭店里笼着，物质的供奉奢华极了，但是我的精神乃在莫大的压迫之下。我初以为渡海的生涯定是很沉寂幽雅辽阔的；我在未上船以前，又时时在想着

在汉口某客栈看见的一幅八仙渡海底画，又时时想着郭沫若君的这节诗——

无边天海呀！
一个水银的浮沤！
上有星汉湛波，
下有融晶泛流，
正是有生之伦睡眠时候。
我独披着件白孔雀的羽衣，
遥遥的，遥遥的，
在一只象牙舟上翘首。

但是既上船后，大失所望。城市生活不但是陆地的，水上也有城市生活。我在烦闷时愈加渴念我在清华的朋友。这里竟连一个能与谈话的人都找不着。他们不但不能同你讲话，并且闹得你起坐不宁。走到这里是“麻雀”，走到那里又是“五百”；散步他拦着你的道路，静坐扰乱你的思想。我的诗被他们戕害到几底于零，到了日本海峡及神户之布引泷等胜地，我竟没有半句诗的赞叹歌讴。不是到了胜地一定得作诗，但是胜地若不能引起诗兴，商店工厂还能么？……

他到了美国之后八月十四日自芝加哥写的一封信，首尾是这样的：

在清华时，实秋同我谈话，常愁到了美国有一天被碾死在汽车轮下。我现在很欢喜地告诉他，我还能写信证明现在我还没有碾死。但是将来死不死我可不敢担保。……

……

啊！我到芝加哥才一个星期，我已厌恶这生活了！

他虽厌恶芝加哥的烦嚣，但他对美国的文化却很震惊，他在这第一封信里就说："美国人审美的程度是比我们高多了。讲到这里令我起疑问了。何以机械与艺术两个绝不相容的东西能够同时发展到这种地步呢？"

一多在芝加哥的生活相当无聊，学画画是些石膏素描，顶多画个人体，油画还谈不上。图画最要紧的是这一段苦功，但是这与一多的个性不能适合。他在九月十九日来信说：

实秋：

阴雨终朝，清愁如织；忽忆放翁"欲知白日飞升法，尽在焚香听雨中"之句，即起焚香，冀以"雅"化此闷雨。不料雨听无声，香焚不燃，未免大扫兴会也。灵感久渴，昨晚忽于枕上有得，难穷落月之思，倘荷骊珠之报。近复细读昌黎，得笔记累楮盈寸，以为异日归国躬耕砚田之资本耳。草此藉候文安。

可见他对于中国文学未能忘情。他于翌年二月十五来信说：

我不应该做一个西方的画家，无论我有多少的天才！我现在学西方的绘画是为将来做一个美术批评家。我若有所创作，定不在纯粹的西画里。但是我最希望的是做一个艺术的宣道者，不是艺术的创造者。

可见他对于绘画之终于不能专心，是早已有了预感。又因为青春时期只身远游，感触亦多，他不能安心在芝加哥再住下去。他于五月二十九日来信说：

芝加哥我也不想久居。本想到波斯顿，今日接到你的信，忽又想起陪你上Colorado住个一年半载，也不错。你不反对罢？

我想他既要学画，当然应该在芝加哥熬下去。虽然我也很希望他能来珂泉和我一起读书，但是我并不愿妨碍他的图画的学习。所以我并不鼓励他到珂泉来。

我在一九二三年秋到了珂泉Colorado Springs，这是一座西部的小城，有一个大学在此地，在一些西部小规模的大学里，这算是比较好的一个。这里的风景可太好了，因为这城市就在落矶山下，紧靠在那终年积雪的派克峰的脚下，到处是风景区。我到了这里之后，买了十二张风景片寄给一多，未署一字，我的意思只是报告他我已到了此地，并且用这里的风景片挠他一下。没想到，没过一个星期的工夫，一多提着一只小箱子来了。

一多来到珂泉，是他抛弃绘画专攻文学的一个关键。

珂罗拉多大学有美术系，一多是这系里唯一的中国人。系主任利明斯女士，姊妹两个都是老处女，一个教画，一个教理论。美国西部人士对于中国学生常有好感，一多的天才和性格都使他立刻得到了利明斯女士的赏识。我记得利明斯有一次对我说："密斯脱闻，真是少有的艺术家，他的作品先不论，他这个人就是一件艺术品，你看他脸上的纹路，嘴角上的笑，有极完美的节奏！"一多的脸是有些线条，显然节奏我不大懂。一多在这里开始画，不再画素描，却画油彩了。他的头发养得很长，披散在头后，黑领结。那一件画室披衣，东一块红，西一块绿，水渍油痕到处皆是，揩鼻涕，抹桌子，擦手，御雨，全是它。一个十足的画家！

我们起先在一个人家里各租一间房。房东是报馆排字工人，昼伏夜出，我们过了好几个月才知道他的存在。房东太太和三个女儿天天和我们一桌上吃饭。这一家人待我们很好，但都是庸俗的人。更庸俗的是楼上另外两个女房客，其中一个是来此养病的纽约电话接线生，异性的朋友很多，里面有一位还是我们中国学生，几乎每晚拿着一只吹奏喇叭来奏乐高歌，有时候还要跳舞。于是我们搬家。为了省钱，搬到学校宿舍海格门楼。这是一座红石建的破败不堪的楼房，像是一座堡垒。吃饭却成了问题。有时候烧火酒炉子煮点咖啡或清茶，买些面包，便可充饥。后来胆子渐渐大了，居然也可炒木樨肉之类。有一次一多把火酒炉打翻，几乎烧着了窗帘，他慌忙中燃了头发眉毛烫了手。又有一次自己煮饺子，被人发现，管理员来干涉了，但见我们请他吃了一个之后，他不说话了，直说好吃。他准许我们烧东西吃，但规模不可太大。

一多和我的数学根底原来很坏，大学一定要我们补修，否则不能毕业。我补修了，一多却坚持不可。他说不毕业没有关系，却不能学自己所不愿学的课程。我所选的课程有一门是“近代诗”，一共讲二十几个诗人的代表作品。还有一门是“丁尼孙与伯朗宁”。一多和我一同上课。他在这两门课程里得到很大的益处。教授戴勒耳先生是很称职，他的讲解很精湛。一多的《死水》，在技术方面很得力于这时候的学习。在节奏方面，一多很欣赏吉伯林，受他的影响不小。在情趣方面，他又沾染了哈代与霍斯曼的风味。我和一多在这两门功课上感到极大兴趣，上课听讲，下课自己阅读讨论。一多对于西洋文学的造诣，当然不止于此，但正式的有系统的学习是在此时打下一些根基。

我们在学校里是被人注意的，至少我们的黄色的脸便令人觉得奇怪。有一天，学生赠的周刊发现了一首诗，题目是sphinx，作者说我们中国人的脸沉默而神秘，像埃及人首狮身的怪物，他要我们回答他，我们是在想些什么。这诗并无恶意，但是我们要回答，我和一多各写了一首小诗登在周刊上。这虽是学生时代的作品，但是一多这一首写得不坏，全校师生以后都对我们另眼看待了。一多的诗如下：

ANOTHER “CHINEE” ANSWERING

My face is Sphinx—like,
It puzzles you, you say ,
You wish that my lips were articulate,
You demand my answer.
But what if my words are riddles to you ?
You who would not sit down
To empty a cup of tea with me,
with slow, graceful, intermittent sips,
who would not set your thoughts afloat

On the reeling vapors

Of a brimming tea-cup, placid and clear—

You who are so busy and impatient

Will not discover my meaning.

Even my words might be riddles to you,

So I choose to be silent.

But you hailed to me,

I Love your child-like voice,

Innocent and half-bashful.

We shall be friends.

Still I choose to be silent before you.

In silence I shall bear you

The best of presents.

I shall bear you a jade tea-cup,

Translucent and thin,

Green as the dim light in a bamboo grove;

I shall bear you an embroidered gown

Charged with strange, sumotous designs.

Harlequin in lozenges,

Bats and butterflies,

Golden-bearded, saintly dragons

Braided into irridescent threads of dream;

I shall bear you sprays

Oi peach-blossoms, plum-blossoms, pear-blossoms;

I shall bear you silk-bound books

In square, grotesque characters.

Silently and with awe

I shall bear you the best of presents.

Through the companion with my presents

You will know me—

You will know canning,

vice,

Or Wisdom only.

But my words mights be riddles to you,

So I choose to be silent.

一多画画一直没有停，有一天利明斯教授告诉他纽约就要举行一年一度的画展，选择是很严的，劝他参加。一多和我商量。我也怂恿他加入竞赛。一多无论做什么事，不做便罢，一做便忘寝废食。足足有一个多月，他锁起房门，埋头苦干，就是吃饭也是一个人抽空溜出去，如中疯魔一般地画。大致画完了才准我到他屋里去品评。有一幅人物，画的是一个美国侦探，非常有神。还缺少一张风景画。我建议由我开车送他到山上去写生。他同意了。

一清早，我赁到一辆车，带着画具食品，兴高采烈地上山了。这是我学会开车后的第三天，第一次上山，结果如何是可以想见的。先到了“仙园”，高大的红石笋矗立着，那风景不是秀丽，也不是雄伟，是诡怪。我们向着曼尼图公园驶去，越走越高，忽然走错了路，走进了一条死路，尽头处是巉岩的绝崖，路是土路，有很深的辙，只好向后退。两旁是幽深的山涧，我退车的时候手有些发抖。訇的一声，车出了辙，斜叉着往山涧里溜下去了，只听得耳边风忽忽地响，我已经无法控制，一多大叫。忽然咯喳一声车停了，原来是车被两棵松树给夹住了。我们往下看，乱石飞泉，令人心悸。车无法脱险，因为坡太陡。于是我们爬上山，老远看见一缕炊烟，跑过去一看果然有人，但是，他说西班牙语，戴着宽边大帽，腰上挂一圈绳。勉强做手势达意之后，这西班牙人随着我们去查看，他笑了。他解下腰间的绳子一端系在车上，一端系在山上一棵大树上。我上车开足马力，向上走一尺，他和一多就掣着绳子拉一尺，一尺一尺地车上了大路。西班牙人和我们点点头就走了，但是我再不敢放胆开车，一多的画兴也没有了，我们无精打采地回去了。

风景何必远处求？学校宿舍旁边就很好，正值雪后，一多就临窗画了一幅雪景，他新学了印象派画法，用碎点，用各种颜色代替阴影。这一幅画很精彩。

一共画了十几幅，都配了框，装箱，寄往纽约。在这时候，一多给我画了一张像，他立意要画出我的个性，也要表示他手底的腕力，他不用传统的画法，他用粗壮的笔调大勾大抹，嘴角撇得像瓢似的，表示愤世嫉俗的意味，头发是葱绿色，像公鸡尾巴似的竖立着，这不知是表现什么。这幅像使他很快意。我带回国，家里孩子们看着害怕，后来就不知怎样丢掉了。

纽约的回信来了，只有美国侦探那幅画像得了一颗银星，算是“荣誉的提名”，其他均未入选。这打击对于一多是很严重的。以我所知，一多本不想做画家，但抛弃绘画的决心是自此时始。他对我讲过，中国人画西洋画，很难得与西方人争一日之短长。因为我们的修养背景性格全受了限制。实在是的，我们中国人习西洋画的，成功者极少，比较成功的往往后来都改画中国画了。其实这不仅于绘画为然，即以文学而论，学习西洋文学的人不也是很多人终于感到彷徨而改走中国文学的道路么？所以一多之完全抛弃西画，虽然是由于这一次的挫折，其实以他那样的性格与兴趣，即使不受挫折，我相信他也会改弦易辙的，不过是时间的早晚而已。

我和一多在珂泉整整住了一年。暑假过后，我到波斯顿去，他到纽约去。临别时我送了他一只珐琅的香炉，他送了我一部霍斯曼的诗集。

忆老舍

我最初读老舍的《赵子曰》《老张的哲学》《二马》，未识其人，只觉得他以纯粹的北平土话写小说颇为别致。北平土话，像其他主要地区的土语一样，内容很丰富，有的是俏皮话儿，歇后语，精到出色的明喻暗譬，还有许多有声无字的词字。如果运用得当，北平土话可说是非常的生动有趣；如果使用起来不加检点，当然也可能变成为油腔滑调的“耍贫嘴”。以土话入小说本是小说家常用的一种技巧，可使对话格外显得活泼，可使人物个性格外显得真实凸出。若是一部小说从头到尾，不分对话叙述或描写，一律使用土话，则自《海上花》一类的小说以后并不多见。我之所以注意老舍的小说者尽在于此。胡适先生对于老舍的作品评价不高，他以为老舍的幽默是勉强造作的。但一般人觉得老舍的作品是可以接受的，甚至颇表欢迎。

抗战后，老舍有一段期间住在北碚，我们时相过从。他又黑又瘦，甚为憔悴，平常总是佝偻着腰，迈着四方步，说话的声音低沉、徐缓，但是有风趣。他和王老向住在一起，生活当然是很清苦的。在名义上他是中国文艺界抗敌协会的负责人，事实上这个组织的分子很复杂，有不少野心分子企图从中操纵把持。老舍对待谁都是一样的和蔼亲切，存心厚道，所以他的人缘好。

有一次北碚各机关团体以国立编译馆为首发起募款劳军晚会，一连两晚，盛况空前，把北碚儿童福利试验区的大礼堂挤得水泄不通。国立礼乐馆的张充和女士多才多艺，由我出面邀请，会同编译馆的姜作栋先生（名伶钱金福的弟子），合演一出《刺虎》，唱做之佳至今令人不能忘。在这一出戏之前，垫一段对口相声。这是老舍自告奋勇的，蒙他选中了我做搭档，头一晚他“逗哏”我“捧哏”，第二晚我逗他捧，事实上挂头牌的当然应该是他。他对相声特有研究，在北平长大的谁没有听过焦德海草上飞？但是能把相声全本大套地背诵下来则并非易事。如果我不答应上台，他即不肯露演，我为了劳军只好勉强同意。老舍嘱咐我说：“说相声第一要沉得住气，放出一副冷面孔，永远不许笑，而且要控制住观众的注意力，用干净利落的口齿在说到紧要处使出全副气力斩钉截铁一般迸出一句俏皮话，则全场必定爆出一片彩声哄堂大笑，用句术语来说，这叫作‘皮儿薄’，言其一戳即破。”我听了之后连连辞谢说：“我办不了，我的皮儿不薄。”他说：“不要紧，咱们练着瞧。”于是他把词儿写出来，一段是《新洪羊洞》，一段是《一家六口》，这都是老相声，谁都听过，相声这玩意儿不嫌其老，越是经过千锤百炼的玩意儿越惹人喜欢，借着演员的技艺风度之各有千秋而永远保持新鲜的滋味。相声里面的粗俗玩笑，例如“爸爸”二字刚一出口，对方就得赶快顺口搭腔地说声“啊”，似乎太无聊，但是老舍坚持不能删免，据他看相声已到了至善至美的境界，不可稍有损益。是我坚决要求，他才同意在用折扇敲头的时候只要略为比画而无须真打。我们认真地排练了好多次。到了上演的那一天，我们走到台的前边，泥塑木雕一般绷着脸肃立片刻，观众已经笑不可抑，以后几乎只能在阵阵笑声之间的空隙进行对话。该用折扇敲头的时候，老舍不知是一时激动忘形，还是有意违反诺言，抡起大折扇狠狠地向我打来，我看来势不善，向后一闪，折扇正好打落了我的眼镜，说时迟，那时快，我手掌向上两手平伸，正好托住那落下来的眼镜，我保持那个姿势不动，彩声历久不绝，有人以为这是一手绝活儿，还高呼：“再来一回！”

我们那一次相声相当成功，引出不少人的邀请，我们约定不再露演，除非是至抗战胜利再度劳军的时候。

老舍的才华是多方面的，长短篇的小说、散文、戏剧、白话诗，无一不能，无一不精。而且他有他的个性，绝不俯仰随人。我现在拣出一封老舍给我的信，是他离开北碚之后写的，那时候他的夫人已自北平赶来四川，但是他的生活更陷于苦闷。他患有胃下垂的毛病，割盲肠的时候用一小时余还寻不到盲肠，后来在腹部的左边找到了。这封信附有七律五首，由此我们也可窥见他当时的心情的又一面。

前几年王敬羲从香港剪写老舍短文一篇，可惜未注明写作或发表的时间及地点，题为《春来忆广州》，看他行文的气质，已由绚烂趋于平淡，但是有一缕惆怅悲哀的情绪流露在字里行间。听说他去年已做了九泉之客，又有人说他尚在人间。是耶非耶，其孰能辨之？兹将这一小文附录于后。

记梁任公先生的一次演讲

梁任公先生晚年不谈政治，专心学术。大约在民国十年左右，清华学校请他做第一次的演讲，题目是《中国韵文里表现的情感》。我很幸运地有机会听到这一篇动人的演讲。那时候的青年学子，对梁任公先生怀着无限的景仰，倒不是因为他是戊戌政变的主角，也不是因为他是云南起义的策划者，实在是因为他的学术文章对于青年确有启迪领导的作用。过去也有不少显宦，以及叱咤风云的人物，莅校讲话，但是他们没有能留下深刻的印象。

任公先生的这一篇讲演稿，后来收在《饮冰室文集》里。他的讲演是预先写好的，整整齐齐地写在宽大的宣纸制的稿纸上面，他的书法很是秀丽，用浓墨写在宣纸上，十分美观。但是读他这篇文章和听他这篇讲演，那趣味相差很多，犹之乎读剧本与看戏之迥乎不同。

我记得清清楚楚，在一个风和日丽的下午，高等科楼上大教堂里坐满了听众，随后走进了一位短小精悍秃头顶宽下巴的人物，穿着肥大的长袍，步履稳健，风神潇洒，左右顾盼，光芒四射，这就是梁任公先生。

他走上讲台，打开他的讲稿，眼光向下面一扫，然后是他的极简短的开场白，一共只有两句，头一句是:“启超没有什么学问——”眼睛向上一翻，轻轻点一下头，“可是也有一点喽！”这样谦逊同时又这样自负的话是很难得听到的。他的广东官话是很够标准的，距离国语甚远，但是他的声音沉着而有力，有时又是洪亮而激亢，所以我们还是能听懂他的每一字，我们甚至想如果他说标准国语其效果可能反要差一些。

我记得他开头讲一首古诗，《箜篌引》:

公无渡河，

公竟渡河！

渡河而死，

其奈公何！

这四句十六字，经他一朗诵，再经他一解释，活画出一出悲剧，其中有起承转合，有情节，有背景，有人物，有情感。我在听先生这篇讲演后约二十余年，偶然获得机缘在茅津渡候船渡河。但见黄沙弥漫，黄流滚滚，景象苍茫，不禁哀从中来，顿时忆起先生讲的这首古诗。

先生博闻强记，在笔写的讲稿之外，随时引证许多作品，大部分他都能背诵得出。有时候，他背诵到酣畅处，忽然记不起下文，他便用手指敲打他的秃头，敲几下之后，记忆力便又畅通，成本大套地背诵下去了。他敲头的时候，我们屏息以待，他记起来的时候，我们也跟着他欢喜。

先生的讲演，到紧张处，便成为表演。他真是手之舞之足之蹈之，有时掩面，有时顿足，有时狂笑，有时叹息。听他讲到他最喜爱的《桃花扇》，讲到“高皇帝，在九天，不管……”那一段，他悲从中来，竟痛哭流涕而不能自已。他掏出手巾拭泪，听讲的人不知有几多也泪下沾襟了！又听他讲杜氏讲到“剑外忽传收蓟北，初闻涕泪满衣裳……”，先生又真是于涕泗交流之中张口大笑了。

这一篇讲演分三次讲完，每次讲过，先生大汗淋漓，状极愉快。听过这讲演的人，除了当时所受的感动之外，不少人从此对于中国文学发生了强烈的爱好。先生尝自谓“笔锋常带情感”，其实先生在言谈讲演之中所带的情感不知要更强烈多少倍！

有学问，有文采，有热心肠的学者，求之当世能有几人？于是我想起了从前的一段经历，笔而记之。

记张自忠将军

我与张自忠将军仅有一面之雅，但印象甚深，较之许多常常谋面的人更难令我忘怀。读《传记文学》秦绍文先生的大文，勾起我的回忆，谨为文补充以志景仰。

一九四〇年一月，我奉命参加国民参政会之华北视察慰劳团，由重庆出发，经西安、洛阳、郑州、南阳、宜昌等地，访问了五个战区七个集团军司令部，其中之一便是张自忠将军的防地，他的司令部设在襄樊与当阳之间的小镇上，名快活铺。我们到达快活铺的时候大概是在二月中，天气很冷，还降着蒙蒙的冰霰。我们旅途劳顿，一下车便被招待到司令部，这司令部是一栋民房，真正的茅茨土屋，一明一暗，外间放着一张长方形的木桌，环列木头板凳，像是会议室，别无长物，里面是寝室，内有一架大木板床，床上放着薄薄的一条棉被，床前一张木桌，桌上放着一架电话和两三叠镇尺压着的公文，四壁萧然，简单到令人不能相信其中有人居住的程度。但是整洁干净，一尘不染。我们访问过多少个司令部，无论是后方的或是临近前线的，没有一个在简单朴素上能比得过这一个。孙蔚如将军、孙仿鲁将军在唐河的司令部也极朴素，但是他们还有设备相当齐全的浴室。至于那些雄霸一方的骄兵悍将就不必提了。

张将军的司令部固然简单，张将军本人却更简单。他有一个高高大大的身躯，不愧为北方之强，微胖，推光头，脸上刮得光净，颜色略带苍白，穿普通的灰布棉军服，没有任何官阶标识。他不健谈更不善应酬，可是眉宇之间自有一股沉着坚毅之气，不是英才勃发，是温恭蕴藉的那一类型。他见了我们只是闲道家常，对于政治军事一字不提。他招待我们一餐永不能忘的饮食，四碗菜，一只火锅。四碗菜是以青菜豆腐为主，一只火锅是以豆腐青菜为主，其中也有肉片肉丸之类点缀其间。每人还加一只鸡蛋放在锅子里煮。虽然他直说简慢抱歉的话，我看得出这是他在司令部里最大的排场。这一顿饭吃得我们满头冒汗，宾主尽欢，自从我们出发视察以来，至此已将近尾声，名为慰劳将士，实则受将士慰劳，到处大嚼，直到了快活铺这才心安理得地享受了一餐在战地里应该享受的伙食。珍馐非我之所不欲，设非其时非其地，则顺着脊骨咽下去，不是滋味。

晚间很早地就被打发去睡觉了。我被引进附近一栋民房，一盏油灯照耀之下看不清楚什么，只见屋角有一大堆稻草，我知道那是我的睡铺。在前方，稻草堆是最舒适的卧处，我是早有过经验的，既暖和又松软。我把随身带的铺盖打开，放在稻草堆上倒头便睡。一路辛劳，头一沾枕便呼呼入梦。俄而轰隆轰隆之声盈耳，惊慌中起来凭窗外视，月明星稀，一片死寂，上刺刀的卫兵在门外踱来踱去态度很是安详，于是我又回到被窝里，但是断断续续的炮声使我无法再睡了。第二天早晨起来，参谋人员告诉我，这炮声是天天夜里都有的，敌人和我军只隔着一条河，到了黑夜敌人怕我们过河偷袭，所以不时地放炮吓吓我们，表示他们有备，实际上是他们自己壮胆。我军听惯了，根本不理会他们，他们没有胆量开过河来。那么，我们是不是有时也要过河去袭击敌人呢？据说是的，我们经常有部队过河作战，并且有后继部队随时准备出发支援，张将军也常亲自过河督师。这条河，就是襄河。

早晨天仍未晴，冰霰不停，朔风刺骨。司令部前一广场，是扩大了的打谷场，就在那地方召集了千把名士兵，举行赠旗礼，我们奉上一面锦旗，上面的字样不是“我武维扬”便是“国之干城”之类，我还奉命说了几句话，在露天讲话很难，没讲几句就力竭声嘶了。没有乐队，只有四把喇叭，简单而肃穆。行完礼张将军率领部队肃立道边，送我们登车而去。

回到重庆，大家争来问讯，问我们在前方有何见闻，平时足不出户，哪里知道前方的实况？真是一言难尽。军民疾苦，惨不忍言，大家只知道“前方吃紧后方紧吃”，其实亦不尽然，后方亦有不紧吃者，前方亦有紧吃者，大概高级将领之能刻苦自律如张自忠将军者实不可多觏。我常以为，自奉俭朴的人方能成大事，讷涩寡言笑的人方能立大功。果然五月七日夜，张自忠将军率部队渡河解救友军，所向皆捷，不幸陷敌重围，于十六日壮烈殉国！大将陨落，举国震悼。

张将军灵榇由重庆运至北碚江干，余适寓北碚，亲见民众感情激动，群集江滨，遗榇厝于北碚附近小镇天生桥之梅花山。山以梅花名，并无梅花，仅一土丘蜿蜒公路之南侧，此为由青木关至北碚必经之在，行旅往还辄相顾指点：“此张自忠将军忠骨长埋之处也。”

将军之生平与为人，余初不甚了了，唯“七七事变”前后余适在北平，对于二十九军诸将甚为敬佩与同情，其谋国之忠与作战之勇，视任何侪辈皆无逊色，谓予不信，请看张自忠将军之事迹。

图书在版编目 (CIP) 数据

从容自在，趣品人生 / 梁实秋著 . — 北京 : 中国民主法制出版社 , 2020.4
（名家经典典藏 . 梁实秋散文精选集）
ISBN 978-7-5162-1513-5

Ⅰ . ①从… Ⅱ . ①梁… Ⅲ . ①散文集 – 中国 – 现代
Ⅳ . ① I266

中国版本图书馆 CIP 数据核字 (2020) 第 030975 号

图书出品人 / 刘海涛
出 版 统 筹 / 石　松
责 任 编 辑 / 程王刚

书名 / 从容自在，趣品人生
作者 / 梁实秋　著

出版 · 发行 / 中国民主法制出版社
地址 / 北京市丰台区右安门外玉林里 7 号（100069）
电话 / 010-63057714（发行部） 63055259（总编室）
传真 / 010-63056975　63056983
Http: //www.npcpub.com
E-mail: mzfz@npcpub.com
经销 / 新华书店
开本 / 16 开　710 毫米 ×1000 毫米
印张 / 12
字数 / 108 千字
版本 / 2020 年 6 月第 1 版　　2020 年 6 月第 1 次印刷
印刷 / 北京天宇万达印刷有限公司

书号 / ISBN 978-7-5162-1513-5
定价 / 45.00 元